JN293887

こちら石巻 さかな記者奮闘記

アメリカ総局長の定年チェンジ

朝日新聞石巻支局長

Takanarita Toru

高成田享

時事通信社

こちら石巻　さかな記者奮闘記　目 次

装幀　坂田政則
表紙イラスト　なかだえり
本文イラスト　鈴木秀男

第一章

夢がかなった

粉雪の舞うＪＲ石巻駅（2009.01 *Photo by Megumi*）

二〇〇八年一月九日、凍えるような寒さの宮城県・石巻駅に大きなバッグを抱えて着いたとき、「とうとう来ちゃったね」と妻の恵に声をかけた。長年の夢がかなったという思いとともに、やっていけるだろうかという不安もよぎった。明日からは「朝日新聞石巻支局長」なのだ。

焼津でマグロをかじる

話はさかのぼる。一九七一年に朝日新聞社に入って初任地の山形支局から静岡支局に移り、「町ダネ」を拾う市役所担当とともに、隣接する焼津市を担当することになった。

焼津といえば、五四年三月に米国がマーシャル諸島のビキニ環礁で行った水爆実験による「死の灰」（放射性降下物）を浴びた漁船群の一隻「第五福竜丸」の母港として、世界にその名を伝えられたところだ。このマグロ漁船に乗り込んでいた二三人の漁船員が「原子病」になり、体調を壊しているという読売新聞焼津通信部の記者が発信したニュースは、文字どおり世界をかけめぐった。日本発で世界史に残るニュースの特ダネとしては、いまもトップ級のものだろう。

駆け出しの記者でも、そんな「焼津」の怖さは知っていたから、焼津には足しげく通い、マグロのこともよく記事にした。乱獲によるマグロ資源の減少、商社が魚市場を通さず船の水揚げを丸ごと買う「一船買い」の横行、日本の中古船を利用した韓国や台湾籍マグロ船の台頭、一二カイリの領海をはるかに超える二〇〇カイリの「排他的経済水域」を設けて日本船を追い出す国際的な動きなど、焼津はニュースの宝庫だった。

ニュース源は焼津の魚市場や漁協の幹部、マグロ船主などだった。正月が近づくと、私が買い出し担当となって、焼津の船主のところに行っては、冷凍のミナミマグロの大トロを手に入れて、支局員に配給した。「産直」だったから、格安だったはずだ。

正月といえば、元旦に配る新聞は、おせち料理のようにさまざまな特集記事が別刷りで入る。七七年の元旦の特集は「押し寄せる二〇〇カイリ」だった。焼津での「実績」を買われて、地方支局員の私もこの特集チームに加わり、本社の社会部や科学部などから集まった記者の中に入り、取材できたのはうれしかった。

「遠い珍味より近くのなじみ」と題した二ページ見開きの記事を担当した。その結語は次のようだった。


　ナマコを最初に食べたのは飢えの時代だろうといわれるが、勇気のあった人には違いない。そんな勇気と知恵を見習いながら二〇〇カイリ時代の食卓に工夫をこらしてみよう。

二日後の朝日新聞のコラム「天声人語」は、この部分を引用しながらこの意見に賛成だと書いてくれた。駆け出し記者の記事が天声人語子の目にとまった！　このころから、漁業を持ち場にした「さかな記者」になろうという思いが強くなり、その具体的な足場として「魚市場のある港町の通信局長」を希望するようになった。

しかし、この年の春、私は東京本社の経済部に移り、「さかな記者」は頓挫してしまったが、いずれどこかで、という思いは変わらなかった。本社に来て数カ月たったときに、当時の一柳東一郎編集局長が私に近寄ると、「本社も悪くないだろう」とささやいた。それで、私の通信局希望は、編集局長にも届いていたことがわかった。

経済事件に忙殺された「現役」時代

経済記者の時代はあわただしく過ぎた。証券（兜クラブ）、化学・繊維（重工クラブ）、大蔵省（財政研究会）、金融（日銀金融クラブ）などを回るうちに一〇年が過ぎた。その途中には、前橋支局に出たり、労働組合の本部書記長として休職し定年延長交渉に取り組んだりしたこともあった。その間、静岡時代に知り合った藤枝市の臼井太衛さんという茶農家に何度か遊びに行ったが、そのたびに「いつになったら、港町の通信局に行くのかい」と尋ねられた。支局時代に、その夢を語りすぎていたようだ。

一九八七年から九〇年にかけてはワシントン特派員（アメリカ総局員）となり、激しかった日米貿易摩擦を主に取材した。半導体をめぐり米国が日本に経済制裁を科した半導体制裁事件、東芝の子会社がソ連に輸出した工作機械がソ連の潜水艦の性能を高めたという東芝ココム違反事件、自衛隊の次期支援戦闘機（ＦＳＸ）開発で日本の自主開発に米政府が介入したＦＳＸ問題、オレンジ・牛肉・コメ・通信機器などの市場開放交渉、包括的に「構造問題」を協議する日米構造協議……。昼は取材、夜は日本の夕刊用に出稿、深夜は朝刊用に出稿、東京のデスクとやり取りをするうちに朝を迎える。そんな毎日で、メリーランド州ベセスダの自宅で深夜、原稿を書こうとすると眠ってしまうので、家の中を歩きながら手に持ったお盆を台にして原稿を書いたこともあった。

このときに学んだことは、「戦争」で一方的にどちらかが悪いということはない、あるいは相手には相手の言い分があるということで、その後の物の見方で、ずいぶんとそのときの知恵が役立っている。いまでも、米国からの「外圧」を過大に言いつのり、実は自国の既得権益を擁護する〝愛国的経済論〟がまかり通っている。朝日新聞が二〇〇七年から〇八年にかけて連載した「変転経済」の中で、「改革の源流　日米構造協議」（〇七年六月一六日付）を担当した。そのときに、「記者の見方」と題して、次のような感想を書いた。

米国を見習って取り入れてきた市場主導型社会は、格差を広げ、しかもそれを是認し放置するような風潮も高めてきた。その日本の変化に日米構造協議を起点とする米国の「外圧」が大きな影響を与えたのは確かだ。そこをとらえて米国を呪う論調もある。米国が自動車や半導体などの個別分野で注文を付けるだけでなく、いわば日本全体の「改造」を求めたのだから、拒絶反応が出るのが当然だろう。そこから始まった日本の改造にはグローバル化の中で避けて通れなかったものも少なくない。それを承知したうえで、いま生じている副作用を修正するにはどうしたらよいのか。もはや「外圧」は使えないし、使うべきでもない。自分たちの手で世界に通じる「日本モデル」をつくっていくしかない。

〇八年九月以降の経済危機で、「派遣切り」などの雇用問題が深刻になるにつれて、雇用を重視する日本的経営の再評価論が出ている。資本（株主）のために雇用責任も忘れ、短期的な利益に走る米国流が行き詰まっているのは確かだ。しかし、企業統治の原理がなく、経営者の能力だけに企業の命運が委ねられる日本流が良いとは思わないし、そこに戻るべきではないと思う。

想定外のテレビ出演

ワシントンから東京に戻り、経済部のデスクになったころに、各部のデスクを集めた次長研修があった。同年代の仲間が泊まりがけで語り合う機会で、将来の展望として、私が持論の「港町通信局長」を語ったところ、「それもいいなあ」という声が多かった。定年の直前に通信局勤務をすると、定年後の数年間、嘱託として通信局で働けるという制度があり、それを利用しようと考えたのだ。当時、四〇代半ばになっていたが、通信局長を念頭に「五〇代後半のイメージは描けるが、その間の一〇年間の姿がわからない」と言ったのを覚えている。

たしかに、その後の一〇年は思わぬ「持ち場」が待っていた。九五年に論説委員となったのは、まあ想定の範囲内ではあったが、一九九六年から九七年にかけて、テレビ朝日の「ニューステーション」のキャスターを兼ねることになったのは、まったく想定外の出来事だった。

ある日、論説主幹からそういう話が舞い込んできているという話を聞いて、即座に断ってくださいと答えた。当時、バブル崩壊による不良債権問題が火を噴き始めたころで、その序盤ともいえる「住専問題」で、安易な公的資金の導入は認めるべきではない、という論陣を社説で張っていた。本来は個人向け住宅ローンを扱うはずの住宅金融専門会社（住専）がバブルに乗って不動産業などに融資したのが焦げ付いた問題だ。金融秩序を保つという名目で、バブルに乗った金融機関の責任をないがしろにしてよいのか、日本のメディアにとっても真価を問われている時期に、なぜテレビ出演のために時間を割かなければならないのか、納得できなかった。

当時の中江利忠社長にこの件で呼ばれたので、「出ません」と言って社長室を出たら、担当役員に「社長の命令に反して、この会社で生きていけると思うのか」と言われた。「打診」が「社命」となった段階で、家族会議では「こんな会社辞めてやる」と息巻いたが、「フリージャーナリスト」の自信もなく、テレビという未知の世界をのぞいてみるのも悪くないかと、すぐに心を切り替えた。

実際に、テレビの「現場」に入ると、視聴者を常に意識するテレビのつくりかたは、とても新鮮だった。メインキャスターの久米宏さんとの問答は、事前の打ち合わせがいっさいなく、想定しない質問にたじろぐことがしばしばだった。そこである時、久米さんにこんな問いかけをしてみた。

「久米さん、事前にどんな質問が出るのかわかれば、ずっと良い答えができると思うのですが…」

久米さんの答えは明確だった。

「いやいや、『朝日新聞編集委員』（テレビに出るというので、論説委員より自由に発言できる編集委員兼務になった）なんて立派な肩書きの人でも、答えに窮している問題だということを伝えるのがテレビなんです。筋書きがあったら、NHKになっちゃうじゃないですか」

なるほど、そのとおりだと思ったが、それでは私の役割は解説者というよりも、難しい問題かどうかを知らせる道具になってしまう、と気づいた。

「でも、間違いを言ったら、どうするんですか」

「いいじゃないですか。レギュラーなんだから、次の日に言い直せばいいんです」

最新の詳しい情報を言葉で伝えるのに努力する新聞と、解説者の表情や言い方で問題のありかを伝えようとするテレビの違いを教えられた会話だった。

「徹子の部屋」で出た本音

ニューステーションに出たおかげで、思わぬ光栄に浴する機会も得た。「徹子の部屋」に出演したのだ。一九九六年七月に放送されたものだ。事前の取材で、スタッフにいろいろな話をした中で、黒柳徹子さんはふたつのエピソードを番組で取り上げた。

ひとつは、妻との出会いだ。山形支局時代に、友人の結婚式で上京する夜汽車の中で、たまたま隣の席になり、上野までの長い会話がきっかけで交際を始めたというもの。そんな話は三人の子どもたちに聞かせたことがなかったので、テレビを見た子どもたちは驚いたらしい。大学生だった長男は、妻にこう言ったそうだ。

「おふくろ、みっともないから、汽車の中で、ナンパされるんじゃやない」

もうひとつの話が「港町の通信局長」だった。黒柳さんとこんな会話をした。

「もう将来の夢というか、やりたいことを決めていらっしゃるんですってね」

「地方の県庁所在地にある支局の下に通信局というのがあるんですが、港町の通信局に行って、魚が大好きなものですから、朝五時に起きて魚市場に行って、魚の話を聞いて魚市場日記を書く。これをやりたい」

「支局ではなく、通信局なんですか」

「六〇歳が定年なのですが、通信局に行くなら、六三歳まで働けるという制度があるんです。私が定年のときまで、そういう制度があるのかどうかわかりませんけれど」

「おほほ……」

「中央にはニュースがないというのが私の信念です。魚から世界も日本も政治も経済も見える、そういう取材をしたいのです」

「小さい町で、魚から世界の経済を見たいというわけですね」

いまなら、「中央にはニュースがない」なんて、えらそうなことを言わずに、「中央のニュースも大事だが、地方のニュースはもっと面白い」と言うところだが、当時は四八歳、まだ若かったということだろう。

若いと言えば、「魚市場日記」もそうかもしれない。石巻に赴任してすぐに、朝五時の魚市場に行ってみたが、まだ夜は明けず真っ暗なうえ、厳しい寒さで防寒着を着ていても震えた。初日にして、「日記」は無理だと悟った。とはいえ、赴任して間もない〇八年四月から、ほぼ週に一回のペースで、「話のさかな」というタイトルのコラムを朝日新聞の宮城版に連載するようになったので、「日記」の夢は「週記」で、実現したとはいえる。

二度目のアメリカも想定外

ニュースキャスターの兼任は一年半ほどで辞めて論説に戻り、一九九八年にはワシントンにアメリカ総局長として赴任した。これもまったく想定外のことだった。というのも、私の英語力は仕事で使う領域には達していなかったからだ。

高校二年のときの英語の授業で、教科書の一段落を読んで訳せと指されて、立ち上がったものの、わからない単語ばかりで、読むことも訳すこともできなかった。大学時代は「学園闘争」の時代ということもあって、授業にもほとんど出なかった。卒業してから何年経っても英語の単位が取れずに卒業資格がないことが発覚、勤めている会社をクビになる夢を見続けた。

就職試験の面接で最初に言われたのは「君は英語ができないね」。よほど筆記試験の英語の成績が悪かったのだろう。そのせいか補欠入社だった。入社して一〇年ほど経って、世界銀行の「プレスツアー」に招かれ、各国の記者とタイの世銀プロジェクトを一週間回ったが、周りの会話が最後までほとんどわからなかった。英語で苦しんだ話なら、夜通し語れるほどだ。

その後、米国人から個人レッスンを受けたり、英語の新聞を読むように心がけたりして、特派員に出る年ごろになったときには、上司から「英語は大丈夫か」と尋ねられると、「なんとかなると思います」という程度の嘘はつけるようになり、英語力詐称でワシントン特派員にもなった。しかし、インタビューでもスピーチの傍聴でも、録音したテープを助手に英文に起こしてもらったり、同僚に聴いて訳してもらったりしなければ、記事にできなかった。だから、インタビューする相手の顔を見るよりも、テーブルに置いた録音機のテープがちゃんと回っているかどうか、録音モードを示す赤の光がちゃんと点滅するかを気にして、じっとテープを見ている記者が私だった。

というわけで、九〇年に帰国してからは、「実は、私の英語力はまるで通じなかった」と、正直に言うことにしていた。だから、二度目の海外勤務であるアメリカ総局長はまったく想定していなかったのだ。

大事件との遭遇・パート1

ついでながら、一度目のワシントンは、貿易摩擦という大きなニュースに追いまくられたという話を書いたので、二度目のワシントンでは大きな「事件」にふたつも遭遇したことを記しておきたい。

ひとつは、ブッシュ対ゴアの戦いになった二〇〇〇年秋の大統領選挙で、フロリダ州の開票結果をめぐって、一カ月以上も大統領が決まらなかった事件だ。投票日の一一月七日の深夜になっても、どちらが勝つかの「当打ち」ができなかったが、八日午前二時過ぎになり、最後の焦点になっていたフロリダ州でブッシュ氏が制したと、米メディアが一斉に報じ始め、その結果、大統領選もブッシュ勝利だと伝え始めた。そこで、私もやれやれとばかりに、日本の八日夕に配る号外「米大統領選、ブッシュ氏勝利」にゴーサインを出した。

ところが、それから一時間ほど経ったところで、ブッシュ票とゴア票との集計結果が僅差で、「その差が投票総数の〇・五％以下の場合は再集計」という州法の規定に当てはまり、当選はおあずけということになった。あわてて号外の取り消しを東京に求めたものの、「号外はとっくに刷った」と言われ、誤報を出したと観念した。これまで自分の持ち場では大きな事件に遭遇してこなかったつけが一気に回ってきたのか、などと考えた。後になって、「ブッシュ勝利」の号外は販売店のところで止まったと聞いてほっとした。

あの選挙のことは、四年に一度、米大統領選挙がめぐってくるたびに、いやでも思い出す出来事となった。〇八年九月の「日本記者クラブ報」の「リレーエッセー・米大統領選挙」で、「『歴史のイフ』を残したブッシュ vs ゴア　二〇〇〇年」と題して、次のように書いた。

選挙から一年も経たない〇一年九月一一日の大規模テロで、米国も世界も一変した。ブッシュ大統領は、アフガニスタン攻撃に続いてイラク攻撃に踏み切った。その後、大量破壊兵器やアルカイダ支援といったイラク攻撃の根拠は実在しなかったことが明らかになったが、ブッシュ氏にせめて忍耐心があれば、安易な戦争に突き進むことはなかったように思う。

いや、それどころか、中東和平に汗をかいている姿を世界に見せていたクリントン政権の外交政策を継承したはずのゴア政権だったら、九・一一は起きたのだろうか。私は五分五分のような気がしてならない。

イラク戦争で、世界は混迷を深め、米国も世界の嫌われ者になったうえにドル安に象徴される国力の衰えをさらすようになった。

もしもパームビーチ郡の投票用紙がまともなものであれば、もしも手作業による再集計を最高裁が認めていれば、もしもゴア氏が当選していれば……。「歴史にイフはない」とはいえ、この大統領選は、世界の人々に「歴史のイフ」の問いとため息とを永遠に残したのではないか。

私にとってだけではなく、米国にとっても世界にとっても、忘れられない大統領選だったのではないかと思う。

夜回りを他社に教わる

大事件には遭遇しないというのが私の変な自信だった。初任地の山形でも、次の静岡でも、さらに経済部でも、私の持ち場では大きな事件には遭遇しなかった。遭遇していれば、抜かれ続けていたはずで、ダメ記者の烙印はずっと前に押されていたはずだった。

山形の警察担当時代、唯一ともいえる事件は、近隣都市の小学校の体育館が放火された事件で、事件からしばらくすると、地元紙に「犯人はＰＴＡ関係者」との記事が載り、あわてて刑事部長に「本当ですか」と聞くと、「根も葉もない嘘だよ」との返事。安心していると、読売、毎日など次々に同じような記事が出る。そのたびに、刑事部長に否定されていたのだが、ある夜、記者クラブにいたら、毎日新聞の記者から「君だけが知らないようだから、教えてあげるけど、犯人はＰＴＡ役員のお母さんだよ」と告げられた。

「どうして、そんなことがわかるの」

「夜、刑事部長の家に行くんだよ」

その記者から、夜になって捜査員の自宅を訪ねる夜回りというやり方を教わり、こわごわと夜回りをするようになった。それから、抜くことはできなかったが、なぜ抜かれたか少しわかるようになった。それにしても他社の記者から夜回りを教わった記者は、私だけではないだろうか。

経済部の金融担当は、日銀の公定歩合の変更を何度抜いたり抜かれたりしたかで、戦歴を誇る。「ぼくのときは何勝何敗だった」などと言い合うのだ。私は三年近く担当しても「無敗」だった。その間、一度も公定歩合の変更がなかったのだ。

大事件との遭遇・パート2

「フロリダ戦争」と呼ばれた大統領選後の混乱は一月あまりで収まり、年明けにはブッシュ政権が誕生した。そして、二〇〇一年の九月には同時多発テロと呼ばれる世界史に残る事件が起きた。たまたま休みをとってニューヨーク郊外のホテルに妻と娘といたところ、東京から「小型飛行機がニューヨークのビルに突っ込んだので、ワシントンから応援を出してほしい」という電話を受けた。あわててテレビをつけると、世界貿易センタービルから煙が出ている映像が流れていた。

妻と娘にはワシントンに帰るように言って、タクシーでマンハッタンに入ろうとしたものの、厳しい交通規制でマンハッタンに入れず、それならとワシントンを目指したものの、こちらも交通規制で動けず。結局、ハドソン川を隔てて、貿易センタービルが見えるホテルに部屋を取って原稿を書き、交通規制が解除されたワシントンに戻ったのは、一二日の未明だった。このとき書いた記事は九月一三日付朝刊の一面に掲載された。私自身は、自分の書いた記事の中で、最も緊張感があるものだと思っている。事件後、半日の時点で、ホテルの窓から煙の上るビルの光景とCNNから流れる映像と解説だけで書いたものだが、いま読んでも、あのときの緊迫した状景が思い浮かんでくる。

ハドソン川をはさんで崩壊した世界貿易センタービルから立ち上る煙が見える。ニューヨーク郊外から市内へ向かおうとして交通を止められ、川の向こうで、非情なテロリズムに悲鳴をあげる「超大国」の姿を見た。あの煙の下で数千の市民の血が流れた。

ニュースのリポーターが「真珠湾の再来」という言葉を口にした。米国が大規模な攻撃を受けたのは、一九四一年の旧日本軍の奇襲以来だ。貿易ビルに突っ込む飛行機や崩れ落ちるビルの映像とともに、米国民はこの日を忘れないだろう。

真珠湾と異なるのは、今回は敵が見えないことだ。現代の戦争は、交戦する相手すらはっきりしない。テロリストたちは、報復を避けるため自分を隠すことが多い。今回もこれまでのところ、明確な犯行声明は出されていない。しかし、今回の標的となった国防総省（ペンタゴン）は米国の軍事力、貿易ビルは米国の経済力を象徴する。テロリストが語らなくとも、そのねらいが米国の軍事力と経済力であることが浮き上がる「仕掛け」になっている。

それから翌春、日本に帰任するまでの間に、炭疽菌事件、米国などによるアフガニスタン攻撃などが起き、あわただしいままに米国での生活は過ぎた。この間、アメリカ総局長という立場で、最も気を遣ったのは、正直に言うと、記事の中身よりも職場で働く仲間の安全だった。毎朝、ワシントンの市内を見下ろす高台のアパートから、まさかとは思いながらも、アルカイダが保有していると言われていた小型原爆が破裂しないように、東部の海岸地帯に建つ原発が爆破されないように、などと祈りながらワシントンの中心部にあるオフィスに向かった。そうしたテロが起きれば、難破した船の船長と同じで、自分は最後の脱出者になろうと思っていたが、同僚の記者や助手からはなんとしても犠牲者を出したくなかった。あるとき、科学担当の同僚に尋ねたことがある。

「スーツケースに入った小型原爆がホワイトハウスの近くで破裂したら、ぼくたちはどうなるの」

「ご安心ください。ホワイトハウスからはとても近いですから、ビルも人間も残らないでしょう。一瞬のことです」

「それじゃ、自宅に居るときだったら」

「それが最悪かな。あなたの住んでいるあたりだと、一週間ぐらい苦しんだあげくに死ぬでしょう」

そうとわかれば、案外、落ち着くものだが、炭疽菌にはどう対応するか、原発ならどのルートで逃げるかなど、考えなければならないことはたくさんあった。帰任で、ワシントン・ダレス空港を離れた瞬間に、残った同僚には、申し訳ないという思いとともに、そういう重荷から解放されたという思いが募った。

論説で〝夢〟を鍛え直す

「本社」に戻ると、偉い人たちから慰労の言葉でもあるのかなと思ったが、そんな甘い雰囲気はなかった。かつての激論の中に紙面が生まれる自由でホットな空気は消え、どこの企業にもあるような「派閥」や「人事」の話が漂うようになっていた。私の目にはそう映った。

ただ幸いなことに、私が就いた古巣の論説だけは、そんな空気が入ってこなかった。自由に語り、議論し、書きたいと思うことを書ける場がたしかに存在していた。

イラク戦争が近づいていたある朝、食卓で新聞を読みながら、このままでは、米国のイラク攻撃は避けられない、なんとしても戦争反対の声をあげたい、と思った。チラシ広告の裏の白紙に、イラク戦争に反対しなければならない理由を書き殴った。職場に行って、そのメモを見ながら、プレゼンテーションをしたら、書いてみろ、ということになった。副主幹が大幅に手を入れて、論になったものが掲載された。「イラク戦争に反対する」という見出しの「一本社説」（通常の二本分のスペースを使った大型社説）で、二〇〇三年二月一八日付に掲載された。開戦の一月前だった。

不幸にして、この社説で危惧したイラク市民の多くの犠牲、テロの拡散、世界の分裂などはすべて実現した。私が言い出さなくても、いずれこの社説は出たはずだが、歴史に耐える社説に関与したという誇りをいまも持っている。

当時の論説主幹だった若宮啓文さんが〇八年一〇月に著した『闘う社説　朝日新聞論説委員室二〇〇〇日の記録』（講談社）では、「いちばん議論が白熱した日」と題したプロローグで、〇四年四月に三人の日本人がイラク武装集団の人質になったときの論説の議論が紹介されている。自衛隊の撤退という武装集団の要求を拒絶するか、もともと自衛隊の派遣に反対していたのだから撤退を打ち出すか、といった論議だ。長い議論の末、脅迫に応じて撤退はできない、という結論になったが、その社説とあわせて、武装グループに対して「殺すな」と呼びかける社説を載せることになった。その社説を用意したとして私の名前が出てくる。論説主幹にとって最も印象深い日に、社説のアイデアを出したと記録されたことは名誉なことだと思う。

この人質事件は、私にはもうひとつの思い出も残してくれた。それは、朝日新聞のウェブページで週一回のペースで連載しているコラム「ニュースｄｒａｇ」で、この事件を取り上げて、次のように書いたことにある。

それにしても、誘拐したグループと同じように、三人の行動を理解していない日本人がたくさんいることを知って、心が寒い思いをした。「2チャンネル」に「狂言」などと書き込みをしている人たちだ。人は自分という物差しでしか他人を測ることができないと言われるから、（人質になった）高遠さんらの行動を見ると、そんな立派なことをやれるはずがない、だから自作自演の狂言に違いないということになるのだろう。

「2ちゃんねる」を「2チャンネル」と誤記したのはお恥ずかしいかぎりだが、この記事をご親切にも「2ちゃんねる」に私の名前で投稿してくれた人がいたらしい。「2ちゃんねるに実名で投稿する奴は珍しい」として、あっという間に、私に罵詈雑言を投げかけるスレッドが立ってしまった。投稿の数は三千を超えたのではないか。中には、会社にやってきて、「あれを狂言でないと言う根拠を教えろ」と迫る人まで出てきた。

三人が無事解放され、パウエル米国防長官がＴＢＳの金平茂紀氏のインタビューに答えて、「人質になった市民を日本人は誇りにこそ思うべきであり、決してとがめてはならない」と言い切ったことで、政府・自民党・保守マスメディア内に広がっていた「自己責任論」は吹っ飛び、「2ちゃんねる」のコーナーも静かになった。私にとっては、この思い出のほうが強烈なのだ。

ともあれ、論説委員として、世界の問題を論じてはいたが、機会があるごとに地方に行くようにしていた。定年が迫る中で、「港町の通信局長」という若いころからの夢を本当に果たそうとしているのか、自分を確かめる目的もあった。

論説委員の書く夕刊のコラム「窓」をデータベースでたどると、▽岩手県遠野の道の駅で地元産品を販売する農家の女性たち▽沖縄で医薬品の開発を成功させた女性経営者▽北海道・知床で見た自然保護のありかた▽新潟県柏崎市高柳町で語り合った「田舎暮らし」▽山形県西川町で学んだ「田舎暮らし」のコツ▽北海道森町で日本一うまいトウモロコシを自慢する農家▽沖縄で紅茶を特産品にしようとする女性▽奄美大島で見た相互扶助《ユイマール》の精神など、私が書いた「地方ダネ」がたくさん出てきた。地方に旅情を求めているわけではない。むしろ、地方にこそ現代の日本や世界が抱えている問題があるという思いが強かった。

私の計画に、本気なのと首をかしげていた妻も、「あなたが地方への取材から帰ってきて、その話をするときは目が輝いている。本当に地方が好きなら、地方記者を選択してもいいし、私もついて行く」と言ってくれた。

市井の声を伝える

三八年前、初任地の山形で、支局長だった足立公一郎さんからたくさんのことを教わったが、その中に、「新聞記者は、首相のようなえらい人にでも、いくらでも会える。しかし、記者だと言えばホームレスとも話ができるのが、この仕事のすごいところだ」というのがあった。

当時は、首相やホームレスと話すことがあるのだろうかと思ったが、いま振り返ってみると、二〇〇二年二月にはアメリカ総局長としてブッシュ大統領と会見したし、同じ年の一二月には天声人語の応援部隊（天声人語子を週末休ませるために一部の論説委員が代筆をした）として東京・山谷でホームレスの話を聞いた。ブッシュ大統領が北朝鮮問題で、「数百万人の人々を飢えさせるような国家の指導者は許せない」と、金正日を激しく非難したときの真剣さは、いまでも忘れられない。その一方、仕事がないとホームレスになるしかないのだが、なかなか仕事が回ってこないという労務者の話も印象的だった。

大統領との会見は、その会見記とともに大統領とのツーショットの写真が残っているし、山谷の話は〇二年一二月七日付の次のような書き出しの天声人語として記録されている。

泪橋《なみだばし》の朝はなかなか明けない。東京の台東区と荒川区にまたがる「山谷」の中心とも

2002.02 ブッシュ大統領との会見後、記念撮影で笑顔の筆者（ホワイトハウス提供）

いえるここは、午前四時ごろになると、周辺の「ドヤ」と呼ばれる簡易宿泊所から男たちが出てきて、路上でたむろする。建築現場などでの日雇い仕事を待っているのだ。

いまにして思えば、支局長が例示した「首相」も「ホームレス」も極端なたとえで、偉い人に会うばかりが記者ではない、市井の人の声を伝えてこそ記者だ、と教えたかったのではないだろうか。足立さんは〇一年四月に亡くなったので問うことができないのは残念だ。

それぞれの定年

定年の一年前ぐらいだったろうか、定年後はどうするのか、会社からアンケート用紙を受け取った。「退職する」に○を付けると、それで回答はおしまい。いやいや早まるな、「定年後も会社で働きたい」もあるぞ。そこに○を付けると、「どんな職種か」とあり、その中に、「地方勤務」を見つけて、これだとばかりに○を付けた。

しばらくすると、この情報を聞きつけて「本気なの？」と言ってくる人たちが何人もいた。たしかに、調べてみると、定年嘱託というのは本給一四万円だそうで、すでにいくつかの大学で引き受けていた非常勤講師を続ければ、そのぐらいにはなりそうだった。しかし、大学で教えていて自覚したのは、自分が教育のプロではないということで、楽しく仕事をするには、やはり「本職」の記事を書くことだと思った。

その後、「希望する場所があるか」という問い合わせがあったので、「魚市場のある漁業基地」と勝手な希望を伝えた。

論説の仲間を見渡すと、同年代の人たちがたくさんいた。中東に詳しい定森大治さんは、エジプトに部屋を借りて、一年の半分はそこに住み、趣味のダイビングをすると言い残して、中東に移った。社会部育ちの清水建宇さんはバルセロナで豆腐屋をやるといって、目下、その修業中だ。経済部出身の遠藤健さんはＮＧＯ活動だという。会社にしがみついてしまったのは私だけだったが、やりたいことをやる、という意味では、それぞれの生き方は同じかもしれない。

人事の手続きで「地方記者」が確定したころに、外報部のＯＢ会が開かれた。アメリカ総局長だった大先輩に地方記者になる話をしたら、びっくりした顔をして、「アメリカ総局長が通信局長をやるのか」と言われた。海外特派員としては名誉ある地位をおとしめてしまったような気がして、諸先輩には申し訳ない気持ちになった。別の先輩記者からは、「美しくないね。処遇への不満からの腹いせのように見える」とも言われた。たしかに編集局長や論説主幹だったら、地方記者などとは言い出せずに社を去るしかなかっただろう。

勇気づけてくれた人もいた。編集局の幹部となった後輩は「地方記者の採用をしなくなったので、これから地方記者は足りなくなる。あなたのような『大物』が行ってくれれば、地方記者への敷居が低くなるかもしれない。定年後のひとつのモデルになると期待している」という話をしてくれた。「ありがとう」と私は答えたが、すぐに「モデルにはならないよ」と付け加えた。「さかな記者になりたくて、地方記者を選んだので、地方の事件事故や行政をしっかりカバーする真面目な通信局長にはなれないと思う。その意味では、迷惑をかけると思う」。結果は、そのとおりになるのだが……。

そして、石巻へ

赴任先は石巻と言われたのは、異動の二カ月ほど前だろうか。石巻は一度も足を踏み入れたことのない土地だったので、ネットで調べると、「人口当たりの寿司屋の数が日本一」という記述が出ていた。これですっかり満足して、後は着任してからの楽しみにしようと、予習はしなかった。

とはいえ、魚の知識は少しぐらい得ておかないとまずいと思い、水産庁ＯＢの小松正之さん（政策研究大学院大学教授）からレクチャーを受けた。以前、経済産業研究所の勉強会で、小松さんの話を聴いたことがあり、日本漁業についての現状分析の鋭さに感銘を受けたことがあったからだ。小松さんは捕鯨論者として、国際会議で名を馳せた人物で、私の捕鯨についての考え方（第三章1参照）は、小松さんから見れば敗北主義と思われそうだが、いまも日本記者クラブのコーヒーラウンジで小松さんの話を書き取った一冊のノートは、私の教科書になっている。

ところで、地方記者になるうえで、一番不安だったのは、現場から記事や写真を送れるか、ということだった。いまどきの記者は、パソコン片手に現場に行き、そこから無線で原稿や写真を送ると聞いていたからだ。

もともとＩＴ音痴ではない、と思っていた。一回目のワシントン勤務になったときには、ワープロを持参した。当時としては最新のもので、モニター画面に四行ぐらい文字が出るものだった。ワープロで印字して、ファクスで東京に送るのだ。手書きの原稿が通常だったので、最新のハイテクだった。しかも、それに飽きたらず、「パケット通信」という名前だったと思うが、電話回線を利用した通信で、ワープロに記憶させた原稿を東京に送った。ワシントンからは最初のパソコン通信だったはずで、数秒で送られる原稿を見て、同僚たちが驚嘆していたのを覚えている。

ところが、そんな時代はとっくに過ぎていて、いまはオフィスから出ていてもＰＨＳの通信カードを差し込んでクリックすれば、オフィスのランケーブルで出稿していたのと同じことができる。これはすぐに理解できた。問題は写真だと思ったので、朝日ジャーナリズム学校の講師（朝日のカメラマン）に個人教授を頼んだ。

カメラは妻から譲り受けたニコンＤ80というデジタル一眼レフカメラを持参した。妻は東京のアマチュアカメラサークルに参加していて、カメラ歴は長い。地方記者にはデジタル一眼レフが必要だと言ったら、「私が高級機種のＤ300を買うから、初心者のあなたには私のＤ80で十分」とのことだった。

講師が教えてくれたのは夜間撮影で、シャッター速度を遅くして奥の夜景を写しながら、フラッシュをたいて手前の人物を撮る、などというテクニックを教わった。講師のアドバイスは「Ｐ（プログラム撮影）で撮ると、うまくならないから、いつもはＡ（絞り優先）で撮れ。Ｐはパニックの略で、パニくったときだけ」というものだった。ありがたい教えだったが、赴任後すぐに、写真を撮ろうとするとパニくることがわかり、Ｐに固定してしまった。個人講習の最後に、講師にパソコンから写真を送る方法を尋ねたら、「それは社のパソコンセンターにでも聞いてください」ということで、どうやって現場から写真を送るのかという疑問は解消されなかった。

そんなわけで、石巻駅に立ったときには、記者としていろいろな経験を思い起こしながら、期待と不安で胸が熱くなったのだ。

第二章

漁船に乗る

出漁を控え漁網の手入れをするサンマ船の漁船員
（2008.08 石巻漁港で *photo by Megumi*）

1 メロウド

石巻に着任した翌日、石巻でただひとつのデパートが撤退を表明し、初仕事は中心市街地の空洞化問題となった（第四章1参照）。地方都市が抱える問題にのっけから直面したことになる。魚も取材したいが、そればかりとはいかないわけで、本格的に魚の取材を始めたのは、「話のさかな」というコラムを四月から連載することになってからだ。「さかな記者」としての実感を得たのも、四月の初旬に、メロウド漁の漁船に乗ったときだ。漁師が魚と格闘する姿を目の前で見て、初めて漁業がわかったような気がしたからだ。そういう意味では、「さかな記者」としてのデビューは、宮城版に四月下旬に掲載されたメロウド漁の体験記ということになる。

メロウドとはイカナゴの成魚で、石巻あたりの呼び名。気仙沼などではヨド、北海道ではオオナゴ、福島県ではズブドウシと呼ばれるそうで、ややこしい。稚魚はチリメン、幼魚はシラスとかコウナゴとか呼ばれるから、成長するにつれて名前の変わる「出世魚」でもある。ただし、体が大きくなるにつれて魚価は下がるので「逆出世魚」だ。

船に乗るきっかけは三月初旬、メロウド漁が解禁になり、魚市場に初水揚げがあったというので、石巻魚市場に見に行ったことだ。水揚げした魚を入れる大きなケースをのぞくと、ドジヨウのような魚がどっさり入っていた。「春告魚」だと聞いて、季節ものの「絵とき」（写真を中心にした記事）になるかと思ったのだが、魚の見栄えがよくないので、「絵（写真）になりにくいな」と断念した。そのときに、市場の岸壁に横付けしている船を見ると、舳先から長く突き出した二本の棒が目に入った。尋ねてみると、メロウドを獲るためのすくい網で、魚の群れを見つけて、この二本の棒についた網で魚をすくい揚げるのだという。

どうやって魚の群れを見つけるのか、どうやって網を入れるのか、「すくい網漁」という言葉に惹かれて、この漁が多い石巻市の表浜漁協に取材を申し込んだところ、紹介されたのが須田賢一さんだった。電話で乗船取材を申し込むと、快く引き受けてくれ、天候の良い日に乗せてもらうことになった。それから毎日のように電話をするのだが、「今日は波が荒いから」という返事ばかり。翌日になって、「昨日は休漁でしたか」と尋ねると、「いや、わしらは船を出したけれど」という返事。ほぼ一週間後に「いらっしゃい」と、やっと乗船許可が出た。

四月三日午前三時、牡鹿半島の入り江のひとつ「給分浜」に、妻の運転する車で着いた。支局からは約一時間のドライブだ。半島を進む山道に入ると、すれ違う車はほとんどないが、スピードを出すわけにはいかない。道路の両脇で鹿の目が光っているからだ。昼間は道路の近くには出てこないのだが、夜になると道路際の草を食べに来る。ヘッドライトに飛び込む鹿もあると聞いたので、飛ばすわけにはいかないのだ。

須田さんの船「第一一伊勢丸」を見つけて、用意してもらった救命胴衣を借りると、早速に乗り込んだ。四・九トンという小型船で、須田さんと須田さんの長男、一紀さんの乗る「親子船」だ。賢一さんは船の上部にある操縦席、一紀さんと私は操縦席の下にある小さな船室に入った。「サロン」とは書かれているものの、二人がしゃがんで入れば、それでいっぱいだ。不安そうに海を見ていたせいか、一紀さんは「こんな凪の日は一年に何日もない」と教えてくれた。

入り江から石巻湾に出てさらに仙台湾に出ると、さすがに波が出てくる。空が明るくなったころ、船べりを見ると、すぐ脇を数頭のオットセイが泳いでいるのが見えた。「こいつらがメロウドを追い込んでくれるんだよ」と賢一さんが語った。

オットセイや海鳥のウトウなどが海中で群れをなしているメロウドを追うと、メロウドは防御するため、群れを固めて海面近くまで上がってくる。そういう状態を、三陸では「イケ」と呼んでいる。そのイケができると、空を舞っていたカモメの群れがメロウドをついばむために海面に急降下し始める。そこをめがけて船を近づけ、二本の棒につけた網を海中に突き刺し、メロウドの群れをすくい揚げる、というわけだ。

出航してから約二時間、漁場に着いたのだろう、須田さんは船を停止させ、エンジンをアイドリング状態にしたまま海面を漂わせた。周りには何隻も同じように舳先から長い棒を付き出した船が見える。須田さんは、じっと遠くの空を見ている。カモメの様子をうかがっているのだ。

すくい網漁で船に引き揚げられるメロウド（2008.04 仙台湾の漁船上で）

エンジンを切らないのは、カモメの動きからイケを見つけたときに、僚船よりも早くイケに近づくためだ。

漂うこと二時間、突然、船が全速力で走り出した。数分でカモメが海面に群がっているところに近づき、船は停止する。じっと海面を見ていた賢一さん。「しゃー」とかけ声をかけ、油圧式になっている二本の棒を一気に海中におろすと、棒に付いている網もするすると海中に没していく。ほどなく棒を引き戻すと、網も閉じながら揚がってくる。舳先にいた一紀さんは半身を船から乗り出して、網がからまないようにたぐり寄せる。

海中を見ると、網の中にきらきらと光るメロウドの群れが入っている。賢一さんも加わり、網を船上に引き揚げ、網の底をあけると、メロウドが魚槽に落ちていく。黙々と行われるこうした動作の周りでは、カモメたちがギャーギャーと網をつつき、メロウドを奪おうとする。午後一時すぎまで、こんな作業を九回ほど繰り返したところで、この日の漁を終えた。漁獲量は一・七トンだった。

どうしてメロウドの群れがわかるのか。賢一さんは、カモメの動きだと言うが、素人目にはカモメの動きは気ままで、休息のために海面に降りる動作と見分けはつかない。エンジン全開で、数十羽のカモメが群がっていたところに来たときに、これは大きなイケだと思ったのだが、賢一さんは「ちゃっこい、ちゃっこい」と言う。カモメが群がるのは、イケが小さいからで、大きなイケだとカモメは恐れをなして上空から眺めるだけだという。

イケに向かうときは、周りの僚船と競争になる。早くイケに近づいたほうが最初に網を入れることができるというのが漁師仲間の昔からのルールだそうで、イケを見つけて、早くイケに近づくのも船頭の腕ということになる。僚船とはち合わせする機会が数回あったが、賢一さんはいつも最初だった。漁協が須田さんを推薦してきたわけがわかった。

イケに近づき、どこで網を入れるかも船頭の腕だ。一紀さんは「技術では、おやじの足下にも及ばない」と言う。賢一さんが網を入れて空振りだったのは一度だけだったが、漁業無線では僚船から「また空振りだ」という声を何度も聞いた。

水揚げ場所の石巻漁港に向けての航海中、風が急に強くなり、激しいにわか雨も降ってきた。

私はあわてて救命胴衣を締め直したが、横の一紀さんは携帯メールで楽しそうに交信している。怖いと思うことはないのか尋ねると、「注意報ぐらいでは休まないのが漁師。怖いと思ったら仕事になりませんよ」

一紀さんが「サラリーマンのほうがいいですよね」と、何度も尋ねるので、「会社勤めも大変ですよ。上司や部下に気を遣ったりして、人間関係に疲れます。漁師は自然が相手だから、そういうストレスがなくて幸せですよ」と答えた。

一紀さんは、地元の宮城県立水産高校を卒業して間もないが、同期でも漁師の跡を継いだ者はほとんどいないという。学校で学んだ機械関係の技術を生かして、自動車関連など陸上の仕事に就く仲間が多い。漁業でも、危険が伴う漁師よりも、養殖などに就くのがほとんどらしい。

石巻漁港で水揚げを終えたところで、水揚げ高を尋ねたら約一二万円とのことだった。ここから燃料代などを差し引くと、手元にはそれほど残らない計算だ。「もっと獲れる日もあるからね」と賢一さんは落ち着いていた。

おみやげにメロウドを一〇匹ほどいただいて、石巻漁港の岸壁で待っていた妻とともに、須田さん親子に別れを告げた。もっと持っていけと言われたが、とても夫婦二人では食べきれないと断った。自宅では、妻が三枚におろして、塩ゆでにして酢醤油で食べた。思ったよりは生臭くなく、さっぱりとした春の味を食べた。船で酔いはしなかったが、陸に上がってからも体はまだ船上で、揺れの感覚が一日以上残った。とくに風呂に入ったときは、自分自身が風呂に浮かぶ船のような感覚だった。「漁師の仕事は大変だ」と風呂桶の中でしみじみ思った。

すくい網漁に感動したのは、メロウドの群れを追う動物の行動を利用した漁ということだった。魚の群れを見つけるのは魚群探知機だと思っていたので、カモメが魚探だと聞いたときには本当に驚いた。川島秀一著『ものと人間の文化史・追込漁』（法政大学出版局）を読むと、南三陸のすくい網漁は、古くからの追い込み漁のひとつだという。青森市には「善知鳥《うとう》神社」があり、海鳥のウトウを祀っているが、これは海中でヨド（この地方のイカナゴの呼び方）を追うウトウに感謝するすくい網漁が由来だろうと指摘している。

動物の助けを借りながら、人間が鍛えた技で魚をとらえる。資源管理という観点から見ても、漁業資源にゆとりを持たせる漁業だろう。すくい網漁師の多い表浜漁協には、資源管理をめぐる逸話がある。一九八九年五月、表浜を中心とするすくい網漁師がメロウドの漁場に二〇〇台もの廃車を投棄して、底曳き漁を妨害しようとしたのだ。その五年ほど前から、タラなどを獲っていた沖合底曳きの漁業者がメロウド漁を始めたため、すくい網漁と底引き漁の漁業者の対立が深まり、すくい網の漁師が強硬手段に出た。一方、底曳き漁業者もすくい網が水揚げする石巻や女川の漁港に船を横付けして、すくい網漁船の水揚げを妨害したというから、漁師の争いはなかなか激しいということだろう。

どちらも生活をかけた争いだったと思うが、伝統的な漁法を続けている漁業者にとって、根こそぎに漁獲するという印象のある底曳きや巻き網に対する憤りが強い。実際、資源の減退が見られる魚種の多くの場合、底曳きや巻き網による乱獲が指摘されているのも事実だ。実力行動で名を馳せた表浜の組合長、木村稔氏はいま全国漁業共同組合（全漁連）の副会長（宮城県漁協会長）で、燃油高騰問題などを主導している。

メロウドという魚を見るだけで、日本の漁業が抱えている問題がいくつも透けて見えてくるようだ。

2　定置網

四月に入り、そろそろ定置網の時期だと聞いて、「石巻しみん市場」の色川元社長に定置網の網元を紹介してもらった。牡鹿半島の先端部に位置する金華山や網地島の沖合で定置網漁を営んでいる山根漁業部だ。ここが産直の形でしみん市場に店を出しているツテを頼ったのだ。しみん市場は、県や市、市商工会議所などが出資した宮城県石巻地域産業振興株式会社が魚市場の近くに設けた店舗で、地域の漁協や農協、水産加工企業などが協力して出店している。地元の消費者も買いに来るが、観光スポットにもなっている。

四月下旬、鮎川にある山根漁業部の「番屋」に「帳場」と呼ばれる責任者、山根正治専務を訪ねた。山根漁業部は岩手県宮古市が本拠で、宮城県の定置網の権利を借りて操業している。

山根さんとの最初の出会いは、怒られることから始まった。午後三時という約束だったが、「三時前はお祭りで留守だが、三時からは事務所でずっと酒を飲んでいる」という話だったので、三〇分ほど遅れていった。そこで、「漁師は時間を守らない奴はきらいだ」と怒られることになった。悪いのはこちらなので謝る一方で、こちらも負けてはならじと酒を飲みながら話を聞いた。「日本の食料を守っているのは漁業、その漁業を命を張って支えているのは我々漁師だ」と、山根さんは繰り返し熱弁をふるった。

夕方になり、定置網の仕掛けを確認してきたという漁船員たちが戻ってきて、番屋の食堂で夕食になった。番屋とは漁師たちの寝泊まりする小屋というのがもともとの意味で、ここの番屋には、事務所、風呂場、食堂、それに漁船員が生活する部屋が並んでいる。外から見ればプレハブの建物がいくつも見えるので、建設会社の大きな飯場に見える。定置網が始まる四月半ばから年明けまで、この番屋で三〇人ほどの漁師たちが暮らすことになる。

食堂で一同の顔を見ると、幼い顔の一〇代の若者もいれば、六〇代の高齢者もいる。まかないの食事を、黙々と食べている。食事の時間も惜しいという感じだ。早く風呂に入って、それぞれの個室で自分の生活に戻りたいということだろう。テレビを見ている人もいないと思ったのだが、天気予報の時間になったとたん、皆が一斉にオーという声をあげた。

日本列島を背景にした天気図に三つの低気圧がだんごのように並んでいた。低気圧が並び、気圧の等高線の密度が高ければ、天気は大荒れになる。漁師たちは見ていないようで天気図だけは注視していたということだ。

食後も山根さんと酒を交わしながら、日本の漁業、定置網の話を聞いて、事務所の奥にある寝室の山根さんの隣のベッドにもぐりこんだ。

翌朝午前四時前、漁船員がぞろぞろと起き始め、朝食をとると、トラックやらワゴンで鮎川港に向かい、停泊している「第一六竜丸」に乗り込み、定置網のある網地島沖に向かう。途中、網地島の番屋から出航した僚船と出会い、二隻の船で漁場に到着した。

海面から突き出た定置網を示す旗から網をたぐり寄せ、二隻の船で網を巻く。最初は離れていた二隻が「く」の字のように近づき、最後は平行になり、網がしぼりあげられていくと、網の底に魚がぴちぴちと飛び跳ねているのが見える。この時はまだシーズンの初めだというので、とても大量とは言えない規模だったが、漁獲量が増えてくると、網いっぱいに魚が入るという。

鮎川に着くと、クレーンでトラックに水揚げした。トラックは石巻魚市場に向かい、獲った魚は朝の競りにかけられる。漁獲量が多くなり、一〇トンのトラックでは市場に運びきれないようになると、船で直接、石巻魚市場の岸壁に横付けする。「トラックで運んでいるうちは赤

定置網の引き揚げ作業を見る筆者（2008.04 石巻市鮎川漁港で）

字だ」とのことだった。

山根さんが「持ってけ」と、盛岡市の出版社が一九八四年に発行した「野の人伝」シリーズの第三巻『陣場台熱球譜・太平洋浪枕』という本を貸してくれた。岩手日報が連載していたノンフィクションを本にしたもので、そこに収録された「太平洋浪枕」編が山根漁業部の創業者、山根三右衛門（一八九〇〜一九八一）の物語だった。

岩手県宮古に生まれた三右衛門は、製炭業などを経て、四一年に定置網漁業を開始、網の数を増やし、「定置の神様」と呼ばれた。目的に向かってまっしぐらに突き進む青年が木炭で財をなし、さらに漁業に進出し成功する物語は、山根ファミリーの中で漁業を継いだ山根さんの教科書になっていると思った。

定置網は「大謀網」とも呼ばれ、どうやったら魚の群れが網に入るか、潮の流れなど考えながら網を張る待ちの漁業だ。三右衛門は、いったん網の中に入った魚が逃げ出さないような網を工夫したそうで、「現在の定置網を確立したのは三右衛門だ」と山根さんは言う。「船、網、人」の三つがそろって初めて成り立つのが定置網で、「何年も定置をやっているが、これでやっていけるという自信が出てきたのはここ数年のことだ」と語った。

五月に入ると、トラックでは積みきれない魚が定置網に入るようになったようで、石巻魚市場に行くと、必ず竜丸が横付けして、水揚げしているのを見るようになった。

夏になって燃油高が漁業を直撃するようになると、漁業関係者の間では「生き残るのは養殖業と定置網だけだ」といった声も聞かれるようになった。沿岸に網を仕掛ける「省エネ漁法」が脚光を浴びるようになったのだ。宮城県の牡鹿半島周辺の定置網が山根など岩手県の漁業者によって営まれているのは、「待ち」の定置網漁業に満足しなかった宮城県の漁業者は遠洋漁業に出ていったからだという。地道に定置網を続けた岩手の漁業者の「大謀」（戦略）は見事に成就されたということだろう。

定置網にどんな魚が入るようになったのか、早起きして魚市場に行けばわかるが、しみん市場の山根の店先なら早起きしなくてもわかる。買い物がてらこの店をのぞいては、定置網の様子を見ることにしている。

3　捕鯨船

水産庁が実施している調査捕鯨事業への乗船取材の話が舞い込んできたのは四月の下旬のことだった。

調査捕鯨は、日本鯨類研究所が主管となり、南極海と北西太平洋地域の二カ所で進められている。南極海の捕鯨枠はクロミンククジラ八五〇頭、ナガスクジラ五〇頭などに対して、北西太平洋はミンククジラ二二〇頭、イワシクジラ一〇〇頭などとなっている。北西太平洋の調査の中で、春は三陸沖、秋は釧路沖で小型捕鯨船による沿岸部の調査も行われ、それぞれミンククジラ六〇頭を捕獲している。

調査捕鯨というと、グリーンピースなどが過激な妨害活動をする南極海を思い浮かべるが、日本近海でも調査捕鯨が行われているわけだ。その調査団が地元メディアのテレビ一社、新聞一社に代表取材で同乗の機会を提供するというので、石巻記者クラブでくじ引きをすることになった。新聞は読売、毎日、河北新報、石巻日々と朝日の五社（石巻に常駐する全社）が応募した。厳正なるあみだくじで決めたところ、運命の赤い線は朝日にたどり着いた。

「やった」という気分だったが、事情を聞いて気が重くなってきた。記者クラブが同乗取材をするのは昨年に続いて今年で二回目だが、昨年は一頭も獲れなかったため、捕鯨の映像も撮れなかったとのこと。したがって調査捕鯨の映像は資料として貴重だということがわかったからだ。それなら仙台総局に常駐するカメラマンに任せようかとも思ったが、取材は石巻クラブに割り当てられたものだし、記事にできるような取材内容をメモの形で各社に提供する必要もあるので、やはり私が乗船しようと決めた。

五月の連休明け、いよいよ取材の日が来た。早朝、石巻市鮎川の岸壁で、乗船する「第三一純友丸」（三二トン、千葉県和田町）の前で、乗船を待っている間にトラブルが起きた。同乗するテレビ側のカメラマンと私が事前準備のつもりで、船の全景などを撮影していたところ、調査団の係員が来て、「事前の許可を得ずに撮影した」と言って怒られてしまったのだ。公の場所である岸壁からの撮影に文句を言われる筋合いはないと思ったが、考えてみれば、日本の捕鯨活動は、グリーンピースなど「直接行動」に出る組織に狙われているのだから、神経質になるのも無理もないのかと思い謝った。

いきなりのトラブルで先行きに不安がよぎった。そのうえ、テレビ側でくじに当たった民放のカメラマンと話をしていたら、この人は昨年も乗船したが、クジラが見つからず捕鯨シーンを撮影できずに帰ってきたのだという。「クジラ運」のない人と一緒なのかと心配になったが、私が乗ったメロウド漁は好漁だったので、それなら私の「メロウド運」で、クジラは獲れるはずだと思い直した。

　この日の調査地域になった仙台湾に向けて、捕鯨船が鮎川港を出航したのは午前五時半だった。約一時間後、前部のマストの上にあるトップバレルという探索マストの見張り台からの指示で、船が急に速力をあげると、前方にクジラが見える。私とテレビカメラマンに与えられたスペースは、船長のいるブリッジの下方にベランダのように突き出したデッキで、真下に見える舳先には、砲撃台があり、捕鯨の撮影には最適な場所だ。

　クジラを発見した船は全速力で追いかける。クジラは逃げながら潜るのだが、一〇秒ぐらいするとまた浮かんでくる。船はクジラが逃げていた方向に向かって走らせているが、クジラは水中で方向を変えるので、浮上したときは船の方向とは別のところを逃げている。見張り台から「右だ、右だ」といった指示が拡声器を通じて流れると、船は急旋回する。捕鯨船は見張り台があり、背の高い船なので、急旋回すると大きく船が傾く。普通なら怖いと思うのだろうが、良い写真を撮らないと帰れないと、こちらも必死だから、臆病な私もまったく恐怖は感じなかった。

　クジラの潜水能力は相当深いところまで、しかも長時間潜れるはずなのだが、追いかけられたクジラは一〇秒足らずで浮上してしまう。その理由を調査団員に尋ねたところ、捕鯨船から特殊な音波を出して、クジラが不快になって水中にいられないようにする、という説明だった。

クジラを追い回すうちに、クジラも疲れてくるのだろう、次第に捕鯨船とクジラとの位置が近くなってくる。見張り台にいる船頭からは砲手に「撃て」と指示が下るようになる。いよいよだと思っていたら、ドーンと乾いた音をさせながらロープを付けたモリが、船の右前方に浮上したミンククジラに放たれた。エンジンが停止されたが、すぐにエンジン音が再開する。当たらなかったのだ。その後、二回射撃するが、当たらない。

砲手は砲撃台の上で、柔軟体操を始めた。リラックスということなのだろう。四回目の砲撃後、砲煙の立ちこめる船の下をのぞきこむと、海面がうっすらと赤く染まっていく。やっと当たった。その後、鮎川の捕鯨関係者に聞いた話では、砲手に必要なのはクジラの次の行動を予測する「天性の勘」だそうで、当てるのはそれだけ難しいということなのだろう。

それまでひたすらシャッターを押し続けていたが、調査団員が「撮影をやめてください」と制止する。代表取材の条件に、反捕鯨団体による妨害行為などを防止するためとして、乗組員への取材禁止や、とどめを刺すシーンやクジラから血が流れるシーンは撮影しないという条件が付いていたのだ。

そこで一息入れて、撮影した映像をチェックすると、砲手が撃ったモリが水面に浮いたクジラに向かって飛んでいる場面があった。これで代表取材の義務は果たしたと一安心した。

フィルムを使うアナログカメラだったら、映っているかどうか現像するまでわからないので

砲手がクジラにモリを撃った瞬間（2008.05 仙台湾の捕鯨船上で）

不安だったと思うが、デジタルカメラの良いところは、その場でチェックできることだ。素人カメラマンにとっては、精神状態がぐっと楽になる。実は、連続写真を撮るには、カメラのスイッチを「連続ＯＫ」に切り替える必要があるのだが、そのスイッチがわからず、連写ができなかった。カメラの元の所有者である妻にちゃんと聞いておけばよかったと思ったが後の祭りだ。ここぞという場面で一回だけガシャという撮影だったので、砲撃した瞬間の場面が映っているのは奇跡という思いだった。

とどめを刺す場面が撮影禁止というので、そういう場面があると想像していたが、撃たれたクジラは即死状態だったようで、もがき苦しむといった場面はなかった。「ちゃんと心臓を狙っていますから」と団員は説明した。「三回もはずしたのに」とは思ったが、その後の捕獲でも、すべて即死状態だった。動物愛護団体の非難をかわすためか、クジラが砲撃されてから死ぬまでの時間を平均一分弱と聞いていたが、私の見た限りではもっと短かったように思う。

三陸沖の調査活動に従事している捕鯨船は、同乗した千葉県の捕鯨船のほか、鮎川を拠点とする石巻市の船が二隻、和歌山県太地町の船が一隻の合計四隻だ。いずれも小型なので、捕獲したクジラを船に載せて、次の捕鯨に移る余裕はない。そこで、クジラを仕留めた捕鯨船は鮎川港まで戻ってクジラを水揚げした後、再び仙台湾に戻ることになる。うまく撮れたカットがあったので、このまま帰港したら、下船しようと思っていたのだが、近くにいた石巻の僚船がクジラを引き取りにきた。同乗した船の性能がいいので、僚船に運搬をまかせたとのことだった。取材の機会を増やすという配慮があったのかもしれない。

捕鯨船四隻は、あくまで国の調査で捕獲を委託されているだけだから、それぞれの船に捕獲のノルマも報奨金もない。約二カ月の調査期間内に早く調査頭数の六〇頭を捕獲してしまえば、委託事業は終わるのだから、お互いに協力関係が自然と生まれてくるのだろう。

二頭目は石巻のもう一隻が追っていたクジラを、応援でかけつけたわが純友丸が捕獲した。やはりこちらの船足のほうが速いのだろう、石巻の船はクジラに引き離されてしまうことが多かったが、純友丸は最後までクジラにくらいついていた。二頭目も、石巻の船が運搬役に回ったので、三頭目をめざして船は進むことになった。

午後〇時半、二時間近い追跡で、三頭目のクジラを捕獲し、この日の調査活動は終わった。初めてわが船に載せられたクジラは体長が七メートルを超す大きなオス。船員がクジラの血をていねいに流し終えた後、撮影許可が下りる。

鮎川に到着したのは三時過ぎだった。船酔いもなく、写真も撮れたし、無事に終わった。と言いたかったが、取材した場所は調査団員が使う無線があったため、そのザーという音が鳴りっぱなしの中で、耳をつんざく砲撃の大きな音に接したせいか、この日を境に、左耳が水の中に入った感じになってしまった。どうも難聴がさかな記者の勲章になったようだ。

この時期に三陸沖で調査が行われるのは、クジラがエサにするメロウド（イカナゴ）やイサダ、カタクチイワシなどを求めて集まってくるためだ。クジラがどんなエサを食べているか調べるというのが主目的だが、中立的な調査とは言い難いと私は感じた。というのも、日本が商業捕鯨の再開を求める根拠のひとつが「クジラを間引くことで、イカナゴなどの資源を守る」ということだから、クジラがイカナゴなどの資源を脅かすほど食べてもらわなければ困るわけだ。巻き網や底曳きが乱獲による資源の枯渇を招くと批判する学者グループに対して、漁業者はそんなことはないと真っ向から否定している。総漁獲量がわかっている漁業ですら、漁獲と資源との関係を立証するのは難しいのに、サンプル調査の調査捕鯨で、クジラによる魚資源への影響を立証できるのだろうか。せいぜい、クジラはどの魚が好きかという好みぐらいではないかと思うが、素人が余計なことを言うのはよそう。

小型捕鯨船の「本業」は、ＩＷＣ（国際捕鯨委員会）の規制の対象外にあるツチクジラ、ゴンドウクジラなどを捕獲することだ。実際には自主規制の形で、ツチクジラは年間六二頭、ゴンドウクジラは一〇〇頭、ハナゴンドウ二〇頭などと捕獲枠を設けている。「これだけでは食えないので、調査捕鯨はありがたい」と、小型捕鯨船の関係者は言う。日本の捕鯨の伝統を引き継いでいるのは沿岸の小型捕鯨であり、それが主に南極海の捕鯨を狙いにした国際的な規制による巻き添えをくっている現状はおかしいと私は思う。詳しくは第三章１に譲るが、捕鯨船に同乗しても、この考え方は変わらなかった。

近海捕鯨で捕獲されたクジラは、鮎川の鯨体調査所で解体され、しばらくすると鯨肉が調査の副産物として市場に出る。石巻あたりは南極海の冷凍鯨肉よりも、近海捕鯨による生の鯨肉が好まれている。捕鯨船に乗った数日後、鮮魚商をのぞいたら、「クジラ生」が置いてあった。仙台の市場で仕入れたものだというので、大きさや雌雄を聞いていたら、あの日のクジラのように思えてきた。さすがに食べる気にはならなかった。

4　サンマ船

「サンマ船のルポをやらないか」と本社から声がかかったのは二〇〇八年九月下旬のことだった。早速、石巻魚市場の須能邦雄社長から石巻のサンマ船「第二大慶丸」（一九六トン）の船主、尾形慶悦さんを紹介してもらい打診した。ＯＫは出たのだが、当時の漁場は北海道沖で二泊三日以上かかるという。しばらくすると三陸沖までサンマは南下し、サンマ基地である宮城県女川港から一泊二日の操業になると聞いたので、それまで待つことにした。

一〇月一九日、大慶丸の漁労長、浅野修さんから電話がかかってきた。「しけのため女川港ではなく釜石港（岩手県）に着いた。二一日に釜石から出漁する」との連絡だった。二〇日夕、石巻駅からＪＲ石巻線で前谷地に、そこからＪＲ気仙沼線に乗り換え気仙沼に、さらにＪＲ大船渡線に乗り換え盛に、そこで三陸鉄道南リアス線で釜石に。昼間なら三陸海岸が見える観光コースだが、夜で何も見えない。到着したのは夜一〇時過ぎだった。

釜石はちょうど一年前の〇七年一〇月に訪れて以来だった。論説委員として「希望社会への提言」という社説シリーズを立ち上げることになり、その一回目の取材で、新日鉄の釜石工場の高炉がなくなった町で「希望」のありかをさぐった。東大を中心とした「希望学プロジェクト」が釜石をフィールドワークの対象にしていたので、それを手がかりに取材したのだった。取材がうまくできるか不安を抱えたまま訪れた町に、一年後、同じような不安を抱きながら再訪したことになる。

翌二一日の朝、釜石港に停泊している大慶丸に乗り込む。午前一一時、六キロリットルの重油と四〇トンの氷を積み込み、三陸沖の漁場に向けて出漁した。甲板で漁船員と話をしたり、「サンマ小屋」と呼ばれる司令室で「船頭」と呼ばれる漁労長の話を聞いたりしているうちに、気分が悪くなってくる。前日までのしけがまだ残っていたせいか、うねりが大きく、大きな波が寄せてくると、水平線が見えなくなり、手前の波しか見えない状態が続く。子どものころ、海水浴に行って浮き袋で漂っていると、大きな波が来て周りの景色をさえぎってしまい、波しか見えなくなったときの恐怖感を思い出す。

生唾が口いっぱいになってきたので、これは船酔いだと思い、船室に置いた荷物から胃薬を服用。しかし、船室との往復は、天井が低い通路を頭を下げて歩くので、その姿勢でますます気持ちが悪くなった。いよいよ苦しくなってきたので、船室のベッドで休む。二段ベッドの上段を貸してもらい、もぐり込んだ。低い天井を見たら、「耐えがたきを耐え、忍びがたきを忍び」との落書きがある。ここの「先住民」は何を耐えていたのか、同じように吐き気を耐えていたのだろうかと考えた。

この落書きが面白かったので、サンマ船の同乗記（〇八年一〇月二七日付「ルポにっぽん」）でも、船酔いしたことも含めて紹介した。この落書きがなければ、自分が船酔いした話はみっともないので書くつもりはなかったのだが、記事を読んだ友人や知人からは「大変だったね」と、還暦記者へのいたわりのメールが届いた。船が苦手という元水産試験場長からは「記事を読んでいるだけで船酔いしそうになった」というメールをいただいた。船主は「あの落書きをすぐ消すように船頭に伝えた」そうで、漁船員のなり手が少ない中では、リクルートに迷惑をかけたかもしれない。

夕闇が広がり、周辺のサンマ船の集魚灯が輝き始めた午後五時、いよいよ漁が始まる。司令室の下のデッキでカメラを構えたところ、再び吐き気が襲ってくる。ポケットからポリ袋を取り出して準備をしたので、右手にカメラ、左手にポリ袋で、情けない格好だと我ながら笑ってしまう。「右手《めて》に血刀《ちがたな》、左手《ゆんで》に手綱」という「田原坂」の歌詞が浮かんできた。

棒受け網で獲るサンマ漁というのは、どんなものか紹介しよう。まず、漁労長がサンマのいそうな場所を魚群探知機（魚探）でさぐり、その場所が近づくと、船べりから海に向けて突き出した約三〇本の集魚灯（ひとつひとつの棒に約二〇個のランプが付いている）を点灯させ、サンマを船の両舷におびき寄せる。集魚灯に照らされた海面を見ると、強い光に海が透けて、サンマが群れをなして泳いでいるのが見え、あちこちで水面を跳びはねるサンマも見える。水族館にいるような気持ちになる。

サンマが十分に寄ってきたところで、まず左舷の光を消すと、サンマは船の周りを回ったり、一部は船の下をくぐったりして右舷側に集まってくる。左舷側のサンマが少なくなったところで、左舷側に強化プラスチックの棒に付けた「棒受け網」を入れる。棒が船と平行に離れていき、網が広がったところで、今度は、左舷のライトをつけ、右舷のライトを消す。右舷に集まったサンマを、今度は網を張った左舷側に移動させるのだ。

棒受け網で獲れたサンマ
（2008.10 三陸沖の漁船上で）

魚に船の周りを移動させるため、集魚灯は一度に消すのではなく、流れるように消していく。それによってサンマが群れをなして動くのだという。また、船の両舷と舳先に付いているサーチライトに漁船員が張り付き、サーチライトを動かして魚を光の方向に誘導する。

網にサンマの群れが入ったとこ

ろで、左舷のライトを消して、網の付いた棒を機械で引っ張り上げ、網が船に近づいてくると、漁船員が総出で網を握りたぐり寄せる。サンマを船に引き揚げる作業をやりやすくするために左舷の光を再び点灯すると、サンマの群れが網の中でぴちぴちと跳ねているのが見える。そこで、大きな吸引ホースを網の中に降ろして、甲板に吸い上げ、それに氷を混ぜながら魚槽に移す。

　これが「棒受け網」漁の仕組みだ。一七人の漁船員がどこの場所で、何をするのか、しっかり決まっているようで、指示するかけ声はほとんどなく、黙々と働いている。耳に入るのは、網を入れるときと、引き揚げるときに漁労長が鳴らすピーという笛の音ぐらいだ。

　この日は魚影が薄かったため、一回の操業で獲れるのは数トン。これでは一〇〇トンの魚槽はなかなか埋まらない。守清通信長のもとには、周辺のサンマ船の情報が届く。宮城船団は共通の暗号を使って、互いの位置や漁獲量などの情報を交換し合う。「操業位置は朝日のア、イロハのイ、宇宙のウ、魚影は3」などと流れてくると、手元の暗号表で、アは「3」、イは「4」とか、魚影の3は「薄い」とか解読していくわけだ。他県の船団も同じように暗号を使っているが、それを解読するのも通信長の仕事。たとえば、他県の船の位置を確認しておいて、無線で流れてくる暗号と、その位置とを照らし合わせれば、アは「3」などと解読できる。この日は福島船団が好漁のようだ。

　六回目の操業は群れが濃く、「今度はいいよ」と、玉川春雄甲板員の口元がゆるむ。たしかに網の中で光るサンマの量が多い。見渡すと、ほかの漁船員もうれしそうにしている。それを見ているだけで、自然に涙が出てきた。漁獲量を尋ねたら八トンだった。玉川さんは漁労長の叔父で、漁船員から土木建設会社を興した。「土建業のほうが稼ぎはいいが、漁師は楽しいので、サンマの漁期だけ、おいっ子を手伝うことにした」と言う。

二二日午前五時、夜が白けるまで一七回網を入れたが、六回目の八トンが一番の漁獲で、魚槽は半分にも満たない。「もう一晩やるしかない」と漁労長が決断する。いつもなら船主の尾形さんと相談するが、欧州のクロマグロの畜養を業界団体で視察する旅行に参加しているため、漁労長一人の決断になった。この日九隻出漁した宮城船団のうち、魚槽を満たした船は「お先に失礼します」と無線連絡して、漁場を去っていく。結局、「居残り」になったのは、わが船を含めて二隻だけだった。

週二日といった自主的な操業制限を漁業団体が設けているため、早く満船にしても総水揚げ量が増えるわけではない。しかし、水揚げする市場では、二日にわたる操業だと鮮度の落ちる魚も入っているとして、買値を下げられる心配がある。漁船員にとっては、もう一日余計に操業すれば労働時間が増えるし、船主にすれば、操業時間が長ければ燃料などのコストが膨らむわけで利益が減ることになる。「船頭は船主と乗組員の両方からのプレッシャーを受ける存在ですから、つらい仕事ですよ」と漁労長が語るのもうなずける。

操業が終わると船は釜石沖に漂泊、船全体がつかの間の休息に入る。船員にとってはベッドが個室、枕元のライトをつけて週刊誌を読んだり、足元の棚に置いたテレビを見たり、そして就寝する。

昼ごろに、乗組員が起床して甲板に出てくる。ベテランの漁船員の多くは若いころ、遠洋漁業に従事していた経験があるので、アフリカ、欧州、豪州、南アメリカなど世界中を回った話になる。一九七〇年代後半から二〇〇カイリの排他的経済水域が設けられ、日本漁船は遠洋漁業から次第に締め出された。若い漁船員にとっては、遠洋漁業の華々しい時代はもはや伝説であり、うらやましそうな顔で話を聞くしかない。

「サンマ漁は操業時間が長いので、病気になる人も多い」と高橋長義機関長は言う。遭難もある。〇六年一〇月には気仙沼のサンマ船「第七千代丸」が女川港沖で転覆して沈没、乗組員一六人全員が犠牲になった。機関員の阿部幸喜さんは、直前までこの船に乗っていたと言う。「運が良かったですね」と言ったら、「いとこを失った」と答えたので言葉を失った。

午後四時、「サロン」で夕食が出た。チキンに野菜サラダ、それに昨晩獲ったサンマの刺身やツミレで、チキンで元気をつけ、獲りたてのサンマのおいしさを味わった。前夜は、ブリの煮付けだったが、船酔いの私は何も口にできなかった。

二日目の漁労長の作戦は、岩手沖から宮城沖に南下するというもの。最初に宮城沖まで南下してから、魚群がなくて岩手沖に戻ることになれば、燃料が余計にかかってしまうからだ。ところが魚群を探しながら南下すると、昨晩は群れをなしていたはずのサンマの姿はない。そのうち、宮城県女川港を出漁した船から、金華山沖に大きな魚群があると連絡が入る。そこで、魚群を探しながら南下する作戦からまず宮城沖に行く作戦に切り替え、全速力で岩手沖から宮城沖に向かう。漁場に着いたのは午後八時で、出遅れた不安が漂う。

だが、午後一〇時になって、大きな群れに遭遇する。集魚灯をつけると、わき出したようなサンマの群れが海面をぱしゃぱしゃと跳びはねる姿が見える。

集魚灯の誘導でサンマが右舷から左舷に移ったころを見計らって網を引き始め、いったん消したライトを再びつけると、サンマの大きな群れが海面に上ってきて跳びはね始める。大きな群れのときに起こる現象で「花が咲く」と言うそうで、まるでサンマの噴水のようだった。これまでの生涯で経験した最も幻想的な場面といえば、間違いなくこれだと言えるものだった。

網に入った群れを見ながら「二〇トンはあるな、これで帰れる」と甲板から声が出た直後、とんでもないことが起きた。網を裂いて約半分のサンマが逃げてしまったのだ。大量の魚が網に入ったときは、網をしぼりながら、二つに分けて水揚げする。大量の魚を網に入れておくと、魚の圧力で網が切れてしまうからだという。このときも網を二つに分けたのだが、サンマに紛れて入り込んだネズミザメが網を傷めたのだろう、無情にも獲ったはずのサンマが網の外になる船べりを悠々と泳ぐ姿を見ることになった。

　それから、操業を再開して四時間、翌二三日の午前三時になって、やっと魚槽を満杯にしたところで漁は終わった。

　女川港に着くころには夜も明けて、私にとっては釜石から三泊四日の長旅から解放されることになった。土産にサンマと、混獲されたイワシを持っていけと言われたので、岸壁を見たら、知り合いの廻船問屋の青年、青木久幸さんが別の船の面倒を見ている。「おーい」と声をかけると、「サンマ船に乗っていたのですか」と驚いていた。青木さんに発泡スチロールの箱を調達してもらい、出迎えに来た妻運転の車で帰宅した。

　苦労して獲った（のを見た）サンマのおいしかったことは言うまでもない。サンマが高いとかまずいとか言う人がいたら、私は言うつもりだ。「漁師が一匹一匹、命をかけて獲った魚を高いとかまずいとか言ったらバチが当たる」。

　私がサンマ船に乗る直前からサンマの「浜値」が急落した。九月に起きた金融危機によるドル安円高で、あてにしていたロシア向けの商談がなくなったからだ。女川から世界が見えたと思った。記事の中には、女川魚市場買受人協同組合の高橋孝信理事長が発したこんな言葉を収めた。

　こんな小さな町が世界と関係しているなんて、おもってもいなかった。サブプライムとかいう雷が突然、天から落ちてきて、ここも世界の激変に巻き込まれた。

5　番外編・帆船「あこがれ」に乗る

「江戸から蝦夷地への航跡たどる／帆船「あこがれ」／榎本武揚しのぶ船旅」。こんな見出しの記事が二〇〇八年七月一七日付の朝日新聞宮城版に掲載された。筆者は私である。幕末から明治にかけてさまざまな分野で活躍した榎本武揚（一八三六〜一九〇八）の没後一〇〇年を記念して、榎本が幕府の艦船八隻を率いて江戸から蝦夷地に向かった航跡を、大阪市の所有する帆船「あこがれ」でたどる企画があり、夏休みを兼ねて私たち夫婦も乗船したのだ。取材で乗った漁船とは趣が違うが、石巻に来てからの乗船経験となると、この三泊四日の船旅が忘れられない。

この計画を知ったのは、武揚のひ孫にあたる榎本隆充さんと『近代日本の万能人・榎本武揚』（藤原書店）を編集し、〇八年五月に出版した中でのことだった。東京→石巻→宮古→函館の経路で、私たちは東京→石巻を乗船した。石巻に住んでいなければ、たぶん乗ることはなかったと思うが、蝦夷地に新天地を求めた武揚の思いを船上から考える機会を得ることになった。

七月一三日午前、三六二トンの帆船は、東京・有明埠頭を出航した。東京・新宿の市ケ谷柳町試衛館など関東各地の「新撰組」同好会の人々が抜刀のエールで見送ってくれる。一方、武揚が幕府艦隊の旗艦「開陽丸」（二五九〇トン）で品川沖を出発したのは一八六八年八月一九日（陽暦では一〇月初旬）だから、一四〇年前の出来事ということになる。新政府軍の監視の目を逃れての脱出だけに、見送りどころではなかったはずだ。

明治維新となったこの年、徳川幕府は鳥羽伏見の戦いで敗れ、江戸も無血開城され、新政府への流れは定まった。しかし、武揚が統率する幕府海軍は新政府に対する「抵抗勢力」として、軍艦を引き渡さず、江戸湾に待機していた。そして、七月に主君の徳川慶喜が駿府に移ったのを見届けると、武揚は蝦夷行きを決断する。綱淵謙錠著『航《こう》―榎本武揚と軍艦開陽丸の生涯』（新潮社）によると、こんな船出だった。

> 月の明るい夜だったという。深夜、子の刻、嚠喨《りゅうりょう》たるラッパの音が初秋の品川沖に冴え渡り、それに呼応するように各艦の煙突から濛々たる黒煙が立ち昇って月の光も曇るかと思われたが、やがて八隻の艦隊は舳艫相銜《じくろあいふく》んで、静かに前進を開始した。

開陽丸の全長は七二メートルだったのに対して「あこがれ」は五二メートルだから、ふた回り小さな感じだ。小さければそれだけ揺れも激しいと覚悟したが、浦賀水道を通過して、この日

帆船「あこがれ」で帆を引く筆者（左端）・（2008.07 浦賀水道で）

の停泊地点となった館山湾までは、波は静かで揺れも少なく、心配した船酔いもなかった。もっとも、のんびりする時間が少なく酔う暇もなかったのが幸いしたのかもしれない。「あこがれ」は民間の客船ではなく、地方自治体の研修船ということで、私たち乗客一六人も「トレイニー」（研修生）という身分。朝から夕まで、四人のボランティアを含む一五人のクルー（乗組員）の指導のもと、さまざまな研修が組まれていて、なかなかに忙しかったのだ。

出航して最初の研修は「展帆」。クルーが発する「ホール・アウェイ」（帆を張れ）という号令で、トレイニーたちは「ツー・シックス・ヒーブ」（二番、六番を引け）というかけ声に合わせて帆の付いたロープを引っ張る。運動会の綱引きの要領だが、相当な力仕事だけに、これはチャールトン・ヘストンのような筋肉もりもりの奴隷がやった仕事で、ひ弱な人間がやる仕事ではないとすぐに気づく。張り終わると、クルーの「ビレー」という号令で、ロープを船縁などにある真鍮のピンに巻き付けて止める。八の字を描くようにロープを三回ほどピンに巻き付けるとビレーは完成、余ったロープは「コイル・アップ・ギア」の号令で、丸めてビレーピンに架ける。

その次の訓練は「操練」。避難訓練のことで、緊急用のブザーが鳴ると、救命胴衣を持ってデッキに集合する。「救命胴衣は八時間持つが後は不明」とか、「救命用ボートに乗ったら水や食料を大事に使うように」とか、いろいろな注意を受ける。船上には緊急時の注意が書かれた板が貼られていて、汽笛の短音七回、長音一回は「退船」などと説明がある。映画「タイタニック」の場面が思い浮かんでくる。強引に連れてきた妻は泳げなかったことを思い出す。石巻に赴任してから半年しか経っていなかったが、〇七年末に遭難した沖合底引き船の漁船員の「合同慰霊祭」や、〇八年六月に犬吠埼沖で遭難したカツオ巻き網船の漁船員の葬儀を取材した。遭難した二隻とも、大しけの中だったが、ほかの僚船は無事だった。海の上で生死を分けるのは運ということになるのだろう。「乗員の生命を守るために最善を尽くす」という久下剛也船長の言葉が頼もしく思える。

武揚の乗った開陽丸はどうなったのか。出航してまもなくの浦賀水道で、船団に入っていたあの咸臨丸が座礁、満ち潮を待ってこの船を助け出すのに一日費やした。この結果、江戸湾から太平洋に乗り出すのが一日遅れ、たまたま北上してきた台風に房総沖で遭遇することになった。榎本艦隊は鹿島灘まで船足を延ばしたものの、激しい暴風雨となり開陽丸の舵は壊れ、東に大きく流された。

ほかの船も打撃を受け、咸臨丸は沈没の危機に瀕したため、蝦夷行きを断念、徳川家の支配下にある清水港に避難した。しかし、運悪く新政府軍に拿捕され、乗組員は乗り込んできた新政府軍に斬り殺され、死体は港内に投げ捨てられた。新政府軍は幕府軍への支援を厳しく罰していたので、清水の漁民は死体を片づけることもできなかった。そこで、漁民の窮状を見た清水次郎長が「死ねば仏、仏に官軍も賊軍もあるものか」と手厚く葬った。

後年、次郎長の墓石に揮毫したのが武揚で、徳川家の禄を食んだ者は徳川家のために死すといった意味の「食人之食者死人之事」という墓碑銘を書いた。それを見た福沢諭吉が、自分は死なかったくせにと武揚に激怒して、「痩せ我慢の説」を書き、幕臣でありながら明治政府に入って登用された武揚と勝海舟を痛烈に批判した。榎本の蝦夷行きをめぐっては、そんな逸話もある。

翌一四日朝、館山湾を出ると、そこは太平洋。針路を北東の銚子沖にとり、そこで、北に針路を変え、まっすぐ石巻をめざす。研修のほうも、デッキ磨き、マスト登り、展帆、「ハッピーアワー」と称する掃除…と盛りだくさんになる。マスト登りは高さ約二〇メートルの見張り台までロープをよじ登るもの。下さえ見なければ楽に登れると思っていたのだが、実際に試してみると、足場となるロープを見ないわけにはいかず、わずか一〇段ほど登ったところで、私はギブアップ。マスト登りに挑戦した中で、私以外に挫折したのは小学四年生の男の子だけで、七〇歳を超える人たちも含め、皆、見張り台からの景色を堪能していた。私の言い訳は「私の握力では、もし落ちかけたときに私の体重（九六キロ）を支えきれない」という「論理的かつ科学的」（私に言わせれば）なもの。とても説得力があったようで、皆がうなずいた。

夕食後、「オール・ハンズ・オン・デッキ」の号令で、帆を増やした。この号令は「全員集合」という意味だそうで、就寝中でもシャワー中でも、飛び出すのだそうだ。一五日未明には、風向きが変わって帆を張り直す必要があり、「全員集合」の事態になったそうだが、トレイニーを起こすのは気の毒と思ったのか、足手まといだと思ったのか、クルーだけでさっさと帆の向きを変えたという。

風向きと黒潮の流れにも恵まれ、三二〇馬力のエンジンだけでは時速八・五ノットの「あこがれ」が一一ノットで北上した結果、一五日夕には石巻港外に到着、そこにいかりを降ろして朝を迎えることになった。三日目の夜は、甲板上で班対抗の運動会などで盛り上がる。翌朝は、石巻ヨットクラブのヨットの出迎えで、しずしずと石巻港に到着した。

このヨットを操っていたのは、牡鹿半島の南にある田代島で民宿「マリンライフ」を経営する日下啓一さんで、その後、この島を訪れたときには、このヨットで、田代島の周辺を案内してくれた。田代島は、このところネコがたくさんいる猫島として有名になり、「たれ耳ジャック」という有名猫まで登場しているが、もともとは仙台藩の流刑地で、政治犯が流されたところだという。日下さんに初めて会ったのは、石巻の青年会議所ＯＢらが集う「ＩＭＯ」という会合で、日下さんもかつては青年会議所で活躍したが、会社をつぶしてしまったそうで、流刑地の故事にならったのかどうか知らないが、いまは田代島を拠点に活動しているのだという。捲土重来ということなら榎本武揚は立派な先生かもしれない。

一四〇年前の榎本艦隊は、暴風雨で散り散りになった後、八月二四日ごろから、仙台湾に到着し始めた。武揚の乗る開陽丸は舵が壊れたうえ東に大きく流されたこともあり、二七日ごろに、やっとたどり着いた。舵が壊れた船はどうやって方向を制御したのか。両舷に張り出したマストに水を入れた樽をぶら下げて、その重さのバランスで舵を取るのが通例で、開陽丸もそうしたと言われている。

ともあれ、石巻を拠点にした武揚は早速、フランス軍事顧問のブリュネを伴って仙台に赴き、仙台藩主に謁見、奥羽越列藩同盟の約束に従って新政府軍と徹底抗戦するよう説いた。しかし、河井継之助の指揮する長岡城は落城、米沢藩も新政府軍に帰順していて、仙台藩でも恭順派の力が強まっていて、武揚らの説得に応じなかった。九月半ばになると、仙台藩は降伏を決め、会津城も陥落した。

舵の修理のため牡鹿半島の折ノ浜（現石巻市、塩竃市浦戸石浜という説もある）に移っていた開陽丸は、仙台藩の説得をあきらめ、一〇月一二日から一三日にかけて出航、宮古で薪水を補給したのち、蝦夷地に向かった。会津を攻め落とした新政府軍は、武揚が滞在していた石巻まで到達したが、一足違いで武揚は船出していた。

武揚が石巻で投宿したのは、この地の豪商、毛利屋利兵衛の家で、そこの柱には、煮え切らない仙台藩の態度に怒った土方歳三が斬りつけたという刀傷が残っていた。この家は〇八年一月まであったが、老朽化が進んだため解体され、刀傷のある柱は、現在の所有者が切り取って持っている。もし、仙台藩が武揚に同調して決起していれば、石巻は官軍との戦争に巻き込まれ火の海になっていたし、武揚もこの地で討ち死にしていただろう。

こうした歴史を振り返ると、武揚と石巻とは浅からぬ縁ということになる。私が武揚と石巻との関係を最初に知ったのは、赴任してすぐに開かれた石巻記者クラブと市議会との懇親会の席だった。市議の森山行輝さんと杯を交わしながら、石巻の歴史を聞いていたら、武揚が石巻に滞在したという話をされたので、「仙台湾と聞いていたのですが、ここだったのですか」と驚いた。上掲の『榎本武揚』の最後の編集段階だったので、その席でいまの話を書いてほしいと森山さんに頼むことになった。この懇親会がなければ、武揚と石巻のエピソードは本から抜け落ちただろう。

　毛利屋利兵衛の孫、毛利総七郎は美術品や工芸品の収集家として知られ、総七郎の孫である毛利伸さんは現在、運動具店を営むかたわら、毛利コレクションを管理している。石巻市は毛利コレクションを常設で展示する準備をしているというので、しばらくして毛利さんからも取材したが、武揚ゆかりの人の子孫だと思うと感慨深かった。武揚が宿泊した旧毛利邸を所有していたのは市役所職員の佐藤和夫さんで、財政課長などを歴任している。家屋を壊したときには、財政課長だったので、「市の予算で保存すればよかったのに」と私は冗談を言ったが、「厳しい財政事情の中で、そんなことできるわけがないでしょう」と言下に否定されてしまった。その後、家屋の写真を保存したＣＤを送ってくれた。

　話は戻って一六日朝、帆船「あこがれ」は石巻港に入港、市長らの出席した歓迎式典もあって、乗客の私は取材記者に早変わりした。この夜は、武揚のひ孫の隆充さんも東京から陸路で石巻に到着して、隆充さんらによる榎本武揚を偲ぶ講演会が開かれた。

　〇七年に藤原書店の会議室で何度も武揚研究会を開いていたときには、石巻に赴任するとは思っていなかったし、石巻と武揚との関係も知らなかった。不思議な縁である。

　隆充さんとの関係も不思議な縁だ。数年前に夫婦で函館を旅した折に、函館市の旧公会堂を訪ねた。そこで、旧公会堂を管理する団体の職員だった塩谷忍さんと知り合いになった。その塩谷さんは函館の語り部の会を率いている人で、塩谷さんが上京したときに紹介してくれたのが隆充さんだった。東京に住む隆充さんは、武揚の子孫ということで函館を訪ねる機会が多く、語り部の塩谷さんとも親しくなっていた。霞が関ビルにある「華族会」のラウンジで、隆充さんの話を聞いているうちに、武揚という人物に興味を持った。

明治元年（一八六八年）、江戸幕府の海軍を率いて、函館に逃げた武揚は「蝦夷共和国」をつくり、旧幕臣による北海道開拓をめざすが、明治政府に反乱軍とされ、翌六九年の五稜郭の戦いで敗北、武揚は降伏する。ここまでは私も知っていたが、江戸に送られた武揚が二年半の獄中生活を送り放免された後の人生については、明治政府に仕えて出世したために、福沢諭吉から「痩せ我慢の説」で、痩せ我慢が足りぬと批判されたことくらいしか知らなかった。

隆充さんから聞いたのは、処刑されるのを覚悟していた獄中の武揚が、欧州留学で学んだ科学知識をあとに残そうと書物を書き、そのときの心境を「獄中詩」というノートに記していたというエピソードだ。その獄中詩の中に以下の七言絶句があった。

七十老親鬢似銀
荊妻臥病守清貧
君恩未報逢今日

孤負忠孝両全人

母親は老いて病に伏し、私は徳川幕府から（留学の）恩を受けたのに、未だその恩に報いていない、といった武揚の嘆きが書かれている。隆充さんはこの詩のコピーを見せながら、「ここをよく見てください、ルビがふってあるでしょう」と言って、「君恩」というところを指した。「君恩」の横にはルビのように「国為」という漢字が書かれていた。「武揚にとって、将軍への恩義と国の為という意識は同じだったのでしょう」と説明した。

徳川家への忠義から無謀ともいえる戦いを指揮し、敗れたうえに生きながらえた武揚にとって、もはや徳川幕府も明治政府もなかっただろう。しかし、西欧列強の欲望が渦巻く荒海に、日本という「国家」が放り出され漂流している中では、世を捨てるどころか自分の得た知識をもって「国」に報いたいという意識が強まったのだろう。それが戊辰戦争で「逆賊」として死んでいった仲間たちへの鎮魂にもなると考えたのではないか。このルビを見て、私にとって武揚という人物が大きな存在感を持つようになった。『近代日本の万能人・榎本武揚』の序でも、私はこう書いた。

幕臣から明治政府の要人として生きた榎本を貫いたのは、血眼になって領土の獲得にしのぎをけずる西欧列強のありように触発された強烈な「国益意識」であったろう。

いま改めて武揚という人物を考えてみると、幕末から明治という時期に、日本という国家をどう構築していくかという構想を抱いていた戦略家の一人であり、その根底に自分は技術者であるという意識があったという意味では、日本構築のエンジニアであったと思う。そして、その構想の基盤が「富国強兵」ではなく「国利民福」であったということは、思想家としては皆無とはいえないかもしれないが、政権の中にいた時期も長く、明治天皇の話し相手でもあったという場所にいた人間としては特異な存在であった。科学技術への興味から軍事技術も重視した武揚が、欧州列強の帝国主義よりも近代資本主義に着目したのは、留学生や初代ロシア公使として欧州や露西亜で暮らした経験から、国家の基礎が軍事よりも産業にあると確信したからだろう。

日本が次第に富国強兵の道を歩む中で、人口増による圧力を大陸に向けようとせず、南方諸島やメキシコへの移民で解決しようとした発想は、太平洋国家をめざした「南進論」の先駆ということになるだろう。『榎本武揚』の中には、こうした論点がちりばめられているので、今後の武揚研究の入門書にはなったと思う。

また、没後一〇〇年を記念したシンポジウム「今、なぜ榎本武揚か」が〇八年七月一一日夜に日本プレスセンターで開かれ、私はその司会をした。ウィリアム・スティール（国際基督教大学教授）、小倉和夫（国際交流基金理事長）、佐藤優（作家）、速水融（慶應義塾大学名誉教授）の各氏がパネリストとして、それぞれの榎本武揚を語った。スティール氏は米国から見た武揚の蝦夷共和国、小倉氏はアジア外交から見た武揚の外交論、佐藤氏は対露インテリジェンスとしての武揚のシベリア旅行、速水氏は幕臣としての武揚の生き様など、それぞれ興味深い話だった。とくに、ロシアを見据えた武揚という佐藤氏の問題提起はこれまで注目されていなかった視点であり、まだまだ新しい武揚像が出てきそうな期待を持たせるものだった。

日本の殖産興業を支えた武揚の業績については、科学史家の中山昇一さんが『榎本武揚』の中でも展開しているが、殖産興業による「国利民福」によって「平和の戦い勝つ」という武揚の信念は、日本の経済思想史の中で、もっと評価されてもいいと思う。武揚はまだまだ未開の思想家なのだ。

武揚はロシア公使時代にラッコの毛皮の商品価値に着目したようで、樺太《サハリン》・千島交換条約を一八七五年に結び、千島の産業としてラッコ猟を進めるように指示。後年農商務大臣になってからもラッコ猟を奨励している。そのラッコ猟に従事していたのが塩釜など三陸の漁師たちで、日本の遠洋漁業のさきがけ役を果たした。乱獲がたたりラッコ猟はほどなく禁止されるが、武揚の殖産意識は三陸にも足跡を残した。

武揚とラッコの話を魚市場の須能さんにしたら、自分もロシアでラッコの毛皮を手に入れたと言う。「毛が細くビロードのような手触り」だそうだ。武揚もロシアで手に入れてラッコにほれ込んだに違いない。

第三章

漁業を考える

もやがかかる漁港（2008.05 石巻市鮎川港で *photo by Megumi*）

1　捕鯨問題

「さかな記者」になろうと決めて石巻に赴任してから、おおざっぱな戦略を考えた。第一は現場を踏むということで、できるだけ魚市場や水産会社などを歩き、機会があれば漁船にも乗ろうと考えた。第二は、魚を知るということで、魚市場や鮮魚商、水産試験場などを回り、どういう魚がいつ獲れるのか、どんな料理があるのか、など勉強しようと思った。第三が漁業をめぐる問題を知ることで、資源や環境問題、魚の流通の仕組みなど学ぼうと考えた。

ＯＪＴ（オン・ザ・ジョブ・トレーニング）で、学んだ先から記事にしていくというのが効率良いので、第一と第二の「戦略」は急ごうと思った。しかし、第三については、じっくりと時間をかけてと考えていた。漁業問題は政策にかかわることが多く、記事にしようとすると、どうしても漁業者や行政機関に批判的になることが予想され、当面はできるだけ多くの関係者から、中立の立場で話を聞きたいと思っていたからである。

捕鯨会社が合併

ところが、「漁業問題」のほうは「さかな記者」の成長を待ってくれるわけではない。いきなり飛び込んできたのが捕鯨問題だった。三月中旬、北日本で沿岸捕鯨を営んでいる捕鯨会社四社が経営を統合して、新会社「鮎川捕鯨」を発足させたのだ。石巻市鮎川は牡鹿半島の先端にある古くからの捕鯨基地で、沿岸捕鯨が生き残るために合併に追い詰められたということだ。

正直に言って、捕鯨はやっかいな問題だという思いがあり、この問題を取材するのは気が進まなかった。捕鯨問題については、ワシントン特派員になった八七年以降、紙面や朝日新聞のネットコラム「ニュースＤｒａｇ」などで、何度か発信している。捕鯨問題で日本の主張が世界を納得させることは困難であり、日本が捕鯨問題で孤立するような外交戦略を取るべきではないというのが私の基本的な考え方だ。捕鯨が良いか悪いかというのは「神学論争」になるので、そこに与《くみ》したくはないが、国益にとって得か損かという外交的観点での評価ならできる。国益で考えれば、ことさら捕鯨問題で世界に波風を立てるのは損だと思っている。

ところが、「捕鯨」は「東京裁判」「慰安婦」「南京事件」のような日本の保守主義者の絶対条件になっているようで、私の主張は「親米の敗北主義」だと、あちこちで罵倒された。以前、捕鯨団体のホームページを見たら、私はお尋ね者みたいに顔写真入りで、反捕鯨の妄言を吐く記者として批判されていたことがある。得か損かの「外交論」だといくら主張しても、日本民族の自立にかかわる「価値論」で来られるので、論争にはならないというのが私の印象だ。

ところで、私が石巻に赴任するにあたって師と仰いだのが小松正之・政策研究大学院大学教授で、石巻魚市場の須能邦雄社長をはじめ、水産にかかわる石巻人脈を紹介していただいた。その後、石巻に来てからも、日本の漁業全体にかかわる問題については、電話で話を伺うことが多い。そのたびに、明快な説明を示してもらえるので、もやもやしていた頭の中の整理ができてすっきりした気分になる。本当にありがたい存在だ。その小松さんは漁業全般についても論客だが、捕鯨問題では国際舞台で反捕鯨国の論理を粉砕してきた人として著名である。したがって、「反捕鯨」につながるようなことを書けば、「不肖の弟子」ということになるわけで、これも気の重いことだった。

鮎川捕鯨のニュースを受けて、ちゃんと取材をしないといけないなと思っていたところに、私の背中を後押しする出来事があった。石巻市役所の記者クラブには、市議会の議場内での発言がスピーカーで流れるシステムがあり、たまたま聴いていたら、私にとっては驚愕するような発言があったのだ。

「沿岸捕鯨の敵はＩＷＣ（国際捕鯨委員会）ではなく、日本の調査捕鯨ではないか」。議員の一人が、こんな発言をしたのだ。南極海で大規模な調査捕鯨を続けるので、伝統的な鮎川の沿岸捕鯨がそのとばっちりを受けている、という趣旨だった。沿岸捕鯨の実態を見れば、遠洋捕鯨の犠牲になっているという思いはあったのだが、そんなことを公然と発言する人がいるのに驚いた。もう気が進まないなんて言ってはいられない、取材するしかないと思い立った。そのリポートが二〇〇八年四月七日付の宮城版に掲載された「経営統合し動き始めた石巻・鮎川の新会社　『地域捕鯨』に活路」という記事になった。

「地域捕鯨」としてミンクなどの沿岸捕鯨が復活する可能性はあるのだろうか。石巻市議会の石森市雄さんは「南極海で大規模な調査捕鯨を続けるから日本への反発が強まり、沿岸捕鯨はそのとばっちりを受けている」と、水産庁に南極海での調査捕鯨の縮減を求める。これに対して、水産庁ＯＢで「よくわかるクジラ論争」の著書もある小松正之さんは「これまでもミンクの沿岸捕鯨再開を求めてきたが、反捕鯨に凝り固まった国々を説得できなかった。南極海の捕鯨を犠牲にして沿岸捕鯨というのでは国民の支持を得られない」と話す。こうした議論がある中で、伊藤稔（鮎川捕鯨）会長は訴える。「クジラをたくさん捕獲する必要はない。私たちの生活を維持し、地域の伝統を絶やさないようにする程度でいい」

沿岸捕鯨と遠洋捕鯨

日本の近代捕鯨は、北海道・網走、宮城・鮎川、千葉・和田、和歌山・太地などの捕鯨基地を拠点に、ミンククジラやツチクジラなどを獲る沿岸小型捕鯨と、大洋漁業、日本水産、極洋捕鯨などが組織した捕鯨船団が南極海などでナガスクジラやマッコウクジラを獲る遠洋大型捕鯨とに分かれていた。ＩＷＣの商業捕鯨モラトリアムによって、一九八八年から商業捕鯨は禁止されたままで、日本の商業的な遠洋大型捕鯨はなくなり、その代わりに日本は水産庁の外郭団体である日本鯨類研究所による調査捕鯨を実施した。一方、沿岸の小型捕鯨業者は、肉の価格の高いミンククジラがＩＷＣの規制に入れられたため、規制の枠外であるツチクジラ（ミンクよりは安い）などを獲ることしかできなくなった。

沿岸捕鯨業者にとってＩＷＣの決定は理不尽であることは言うまでもないが、南極海での遠洋捕鯨の乱獲が沿岸捕鯨を巻き込んだという思いもある。もともと南極海での捕鯨はシロナガスなど大型鯨類だけだったのに、「捕鯨オリンピック」などで乱獲したためクジラ資源が枯渇、そのため日本の船団が七二年から小型のミンクにも手を付けた結果、ＩＷＣがミンクにも注意を向け、ミンクも規制の対象になったからだ。

また、商業捕鯨が禁止された時点から日本はミンクなどの沿岸捕鯨を認めるように要求してきたのに対して、米国やアイルランドなどが沿岸捕鯨を認める代わりに南極海での調査捕鯨を中止するといった「分断工作」的な提案をした経緯がある。このため、沿岸捕鯨業者には、南極海での調査捕鯨を縮小さえしてくれれば沿岸での捕鯨再開ができるのに、といった思いを抱かせているのではないかと思う。

さらに、南極海や北西太平洋での調査捕鯨枠を拡大したためにミンククジラの供給が増えた結果、ミンクの肉の価格が安くなり、それにつれて沿岸捕鯨が獲るツチクジラの値も下がっているという不満もある。

二〇〇二年から日本政府は北西太平洋での調査捕鯨の枠の中で、近海での調査捕鯨を開始、沿岸捕鯨者から四隻の小型捕鯨船にミンク一二〇頭の捕獲（釧路沖六〇頭、三陸沖六〇頭）を委託することになった。沿岸捕鯨者にとっては久しぶりのミンク捕獲で、経営的にもツチクジラなどでの捕鯨に上乗せする形で委託料が入ることになった。ただ、獲れた肉の処理は捕鯨者側にはないため、高く売れても収入が増えるわけではなく、ミンクの商業捕鯨再開への要求が消えたわけではない。

こうした沿岸捕鯨の思いは、表には出てこない。一般の漁業権が都道府県の許可が主であるのに対して、捕鯨は国の許可であり、水産庁にすれば、商業捕鯨のために毎年、多くのエネルギーを割いているのに、敵の分断工作に乗るようなことを言うな、ということだろう。だから、沿岸捕鯨の思いは、関係者からとく名を条件に聞くことがほとんどだ。

「地域捕鯨」のゆくえ

前掲の記事で、沿岸捕鯨の関係者から「地域捕鯨」という言葉が出てくるが、これは南極海での商業捕鯨の再開論議は別にして、沿岸のミンククジラ漁を「地域捕鯨」という概念で再開することはできないか、という淡い期待が込められているようにも思う。「地域捕鯨」という概念は、ＩＷＣがアラスカの先住民などに認めている「先住民生存捕鯨」を拡大解釈したものともいえる。「エスキモーの捕鯨を認めるのなら、その地域が捕鯨に依存している日本の鮎川なども認めるべきだ」という意見は、それなりの説得力を持つと思った。そこで小松さんに「地域捕鯨という概念で、国際社会の理解を得ることができるか」と尋ねてみたが、小松さんの答えは「何の意味もない。商業捕鯨の全面的な再開こそ国益であり、沿岸だけ助かろうというのでは国民的な支持も得られない」とにべもなかった。

たしかに「地域捕鯨」が認められるとしても、南極海での調査捕鯨の削減・停止が人質に出される可能性は大きく、水産庁にとっては、水産庁・鯨類研究所・共同船舶という「国策産業」の利益を失うような選択は難しいだろう。

とはいえ、鮎川という捕鯨基地を抱える石巻に住み、「クジラ一頭で七浦が潤う」という沿岸捕鯨の歴史を学び、この地域の将来を考えるようになると、南極海での調査捕鯨の削減や停止の見返りに、「地域捕鯨」という論理でミンククジラなどの沿岸捕鯨を再開するという「戦略」は、国策としてありうるのではないかと思うようになった。

石巻に赴任する前に、「石巻といえば捕鯨基地があるはずだが、国際的な反捕鯨の動きと、地域の伝統文化をどう調和させるのか」と何度か尋ねられた。その時点で明確な答えはなかったが、いまは方向性が見えるようになったと思う。

二〇〇八年の二月ごろだったと思うが、ラジオ番組で、C・W・ニコル氏が反捕鯨団体による日本の調査捕鯨への妨害事件に関連して語っていた中で、「南極海での捕鯨の再開は当分、無理」として、沿岸捕鯨のみの維持を主張していたので、この人もそう言い出したのかと思った。ジャパンタイムズ紙への寄稿（〇八年二月九日）を読んだら、「非常に限定され、十分に監視、管理された沿岸捕鯨」を求めると同時に、南極海の調査捕鯨船には帰還を求めていた。

調査捕鯨船が獲ったクジラの水揚げ作業
（2008.04 石巻市鮎川港で）

資源としての食料問題が関心を集めるようになったいま、日本が南極海での捕鯨の権利を放棄する必要はないし、科学的な根拠による商業捕鯨の再開という看板を下ろすこともないと思う。しかし、調査捕鯨の規模を縮小して沿岸捕鯨の確保という一歩から始めて、地域の「七浦」を潤すのも、外交の勝利ではないかと思う。

〇九年一月になって米紙が捕鯨問題での日米合意の動きを報じた。日本が南極海での調査捕鯨を縮小する見返りに日本の沿岸での商業捕鯨の再開を認めるという内容だ。たとえ日米で合意できても、これが南極海での調査捕鯨の縮小・撤退と沿岸での商業捕鯨の再開がＩＷＣの舞台で取引（ディール）できるものかどうかわからない。しかし、もしできるのなら、国営産業としての遠洋捕鯨は困るだろうが、地域の捕鯨業も観光業も飲食業も潤うと思う。ニコルさんも喜んで生の鯨肉を食べに来るだろう。グリーンピースも呼べば食べに来るのではないか。

2　燃油高騰

漁船用の燃料（重油や軽油）の値上がりに耐えかねたイカ釣り漁業者が二〇〇八年六月に「一斉休漁」したのをきっかけに、七月には全国二〇万隻に及ぶ漁船に乗る漁業者が一斉休漁をした。漁師のストライキである。

七月の初め、仙台で部会があった。月に一回程度、仙台総局に宮城県下の記者が全員集まる。仙台総局には総局長、デスク、総局員のほか、本社の駐在記者（地方担当の記者やスポーツ部員、カメラマンなど）がいるので総勢は二一人になる。そのうえに白石、大崎、気仙沼、石巻の四支局長が加わる。午後七時から始まる部会は一時間程度で終わり、居酒屋での二次会になる。石巻に帰る仙石線の最終の仙台発は午後一〇時五一分（石巻着〇時一一分）なので、私はそれに間に合うように、二次会は途中で切り上げることにしている。

その席で、地方担当編集委員の菅沼栄一郎記者と酒を酌み交わしているときに、「漁師のストライキはニュースだ」という話になった。燃料代が高いので巻き網漁の船がクロマグロ（本マグロ）の漁場を探すことができず、例年だと市場に数百本のマグロが並ぶ塩釜魚市場にまだ一本の水揚げもない、という話をした。連載コラムの「話のさかな」でクロマグロを取り上げ、塩釜を取材したときに、閑散とした魚市場を見ていたのだ。

翌朝、菅沼記者から「漁師の一斉休漁を『本紙』に売り込むので、昨夜の話をメモにして出してほしい」と電話があった。「本紙」とは、全国版のことで、通常のニュースは宮城版、大きなニュースは全国版という区分けがあり、「本紙」は地方勤務の記者にとって敷居の高い場所だ。本社の駐在編集委員ともなると、敷居はさっとまたげるようで、本社側もＯＫということで、取材にかかることになった。

その成果が七月一三日付朝刊の一面トップに掲載された「二〇万隻窮余のスト」の記事になった。気仙沼支局長の長田雅彦さんが遠洋マグロ船の窮状を書き、私はクロマグロの水揚げがない塩釜魚市場の話を書いた。そのほか盛りだくさんの情報が入り、私の部分は一六行だったが、「魚から世界が見える」という狙いは記事全体を通じてかなえられたと思う。

漁民だけの救済は無理なのか

一斉休漁の後、漁業者が求める燃油高騰対策について当時の町村信孝官房長官が記者会見で「ストレートに、まとめて面倒をみるという対策はない」と述べたニュースを見ながら、腹が立ってきた。漁業用燃料に対する値上がり分の直接補填《てん》を求める動きが自民党内から高まっていることを牽制したものだが、「ストレートの何が悪いのだ」という思いがこみ上げてきたのだ。

もともと私は、漁業者への補助金には否定的だった。巨額の財政赤字が問題になっている中で、漁業者への補助金となると、なぜ漁業だけということになり、国民の支持を得ることは難しいのではないか、と考えていたからだ。しかし、政治家というよりは能吏のような町村長官の「ストレートな対策はない」という言葉を聞いて、私は心変わりをしてしまった。なぜストレートでいけないのか、あれやこれやの理屈をこねるよりも、漁民の要求になぜ素直に耳を傾けないのか、という気持ちがわいてきたのだ。

漁業資源は日本の国民にとってかけがえのないものだし、その確保が危なくなっているときに、患部を手当てするように助成金を出すことが「補助金＝悪」という図式の中で、葬り去られていいのか、と思った。

子どものころに、ご飯を残すと、「お百姓さんが苦労してつくったお米を粗末にしてはいけない」としかられたものだが、この論理はいまや魚にこそ言えるものだ。「漁師が生命をかけて、獲った魚を粗末にしていいのか」と。現在の稲作は、農作業の機械化や農薬散布によって、以前とはだいぶ違うものになってきたが、漁業の現場は「板子一枚、下は地獄」という昔からいまもそれほど変わっていないのだ。

漁船遭難の背景

二〇〇八年六月、福島県小名浜港所属の巻き網漁船「第五八寿和丸」がしけの千葉県沖で沈没、二〇人の乗組員のうち助かったのは三人だけだった。「三角波」と呼ばれる大きな横波をかぶったようで、防ぎようのない事故だったのだろう。しかし、その背景には燃料油の高騰があったという見方もある。低気圧の接近で、帰港することもできたはずだが、往復の燃料代が漁労長の頭をかすめたのかもしれないからだ。帰港せず、遭難海域に停泊した理由について、船主は「深層心理として燃料の節約になるという考えはあったかもしれない」と語っている（読売新聞〇八年六月二五日）。

この船は、「パラシュートアンカー」といういかりを海中に投げて、船を安定させようとしていたという。しかし、「船を風に立てる」（風向きに垂直にする）パラアンカーは、風向きと波の方向とが一致しているときは有効だが、低気圧の接近で風向きが変わるようになると、風向きとうねりとの方向がずれてしまい、船が横波を受けるようになる危険があるという。そんなときは、船の舵を調整して波に垂直になるように操縦するわけだが、それにはエンジンをかけておかなければならない。寿和丸のエンジンは切れていた、という証言もあった。アイドリング状態にしておかなかったとすれば、その背景にやはり燃料代の「深層心理」があったかもしれない。

この船には、石巻市出身の漁船員が多く乗っていた。漁労長が石巻市出身で、漁労長の親類縁者が多かったからだ。一人の漁船員の葬儀に行った。亡くなった漁船員の若妻のうちひしがれた姿が涙を誘った。父は船長を経験したことのある漁師だと言い、「海はいつでも波がある。三角波も四角波もあるものか。エンジンを切ってパラアンカーなんて信じられない」と操船の仕方に激怒していた。漁船は、事実上すべての判断が「船頭」と呼ばれる漁労長まかせになるため、事故が起きた場合の漁労長に対する責任追及は厳しくなるのだ。

その後、寿和丸について、潜水艦による当て逃げ説が浮上した。軍事ジャーナリストの田岡俊次氏が週刊誌『アエラ』に寄稿した記事「『原因は三角波』のウソ　『第五八寿和丸』転覆、潜水艦当て逃げの可能性」（〇八年七月二一号）が火付け役のようだ。あの程度のしけで転覆するのはおかしいから、消去法で考えると潜水艦の当て逃げもありうる、という見方だ。関係者は船体の引き上げを国に求めているという。真相は不明だが、何が起きてもおかしくないという船の危険性を示した事故であったことは確かだ。

福祉の現場に行けば、こんな厳しい条件の人への補助を削減するのか、という場面を目にするだろう。農業でも中小企業の現場でも、同じことがあるだろう。だから、漁業の燃料代に公的な補助を、という要求が一般の国民に違和感を持たれるのは当然だろう。しかし、まさに生命を賭けているという「関係の絶対性」はあると思う。石巻魚市場の須能邦雄さんが燃料代への公的な助成は漁業者への「思いやり予算」だと語っていたが、そのとおりだと思う。

支援策は出たけれど

燃油高騰問題は、一斉休漁の抗議が効いたようで、政府は高騰した分の九割を補助するなどの対策を打ち出した。しかし、五人以上のグループ化を求めたり、燃油高騰の基準時点をすでに燃油の上昇が始まっていた二〇〇七年一二月としたりしたため、漁師たちはグループ化を嫌ったり、上昇分が少なく見積もられると不満を言ったり、必ずしも歓迎される措置にはならなかった。「ストレート」を避けるための条件が結果的には使いづらい補助制度になったようだ。

〇八年九月に始まった金融危機と前後して、高騰を続けていた原油価格も下落に転じた。しかし、これで燃油問題が解消したわけではない。中国やインドなど新興経済諸国の発展ぶりを見れば、原油価格が以前のような水準にとどまるとは思えないからだ。

コストを消費者価格に転嫁することが難しい魚価の現状を考えれば、省エネは日本の漁業にとって避けて通れない課題だと思う。イカ釣り船では、集魚灯を使わない昼間の操業やLED（発光ダイオード）に切り替えたりする工夫も始まっている。後述するように、沿岸で魚の群れを待ちかまえる定置網をもっと増やせないかという動きも出てきている。

ただ、漁業者の運動は、農業団体の運動に比べて、まとまるのは難しいと思う。農地に共有地は少ないが、漁場はいわば共有地であり、お互いに奪い合う場でもある。また、それぞれの漁法による「縄張り」のところもあり、利害が地域や漁法で錯綜している。地域の漁協とは別に、巻き網、底曳き、延縄など漁法によって漁業団体が異なり、それぞれが競合し、ときには敵対していることもある。あるいは、同じ漁協の組合員同士でも、腕の良い漁師と、そうでない漁師との差が激しい。農家でも篤農家とそうでないところとは差があるだろうが、漁師の場合、その差が大きすぎるので、「平均」という考え方がなじまないのだ。

漁船に乗ると、漁は「船頭」次第ということが実感できる。もちろん天候もあるし、その日の漁には運不運がつきものだ。しかし、漁期全体を見れば、漁師の腕が相当に響いてくると思う。早く船槽をいっぱいにした船は、それだけ燃料の消費も少ないし、鮮度の良い魚を水揚げできる。逆に、漁獲に時間がかかれば燃料の消費は増えるし、早く獲った魚の鮮度も落ちる。

漁師が連帯するのは遭難のときだけだ、という言葉を聞いた。たしかに漁船が遭難したときは、その海域にいるすべての漁船が操業をやめ、ときには獲った魚を捨てて、仲間の救出に向かう。もう遭難した時期からの経過期間を見て生存は不可能だとわかっても、まだ捜すことに全力を傾ける。もし自分たちが遭難したときにもそうあってほしいという思いがあるのかもしれないが、日ごろの「競合関係」を一気に清算しているようにも見える。

次節で詳述するが、水産物の流通を見ると、大手量販店のパワーが強まっているために、漁業者が「一致団結」していかないと、買い手パワーに圧倒されるままになるのは明らかだ。燃油高騰問題をきっかけに、漁業者全体がそうした連帯意識を持つようになれば幸いだと思う。

3　持続可能な漁業

燃油高騰による漁業への影響を心配していた石巻魚市場の須能邦雄さんから「自分の考えをまとめたので読んでほしい」と長文のレポートを渡されたのは、二〇〇八年の夏だった。燃油対策だけでなく、漁業を再生するための方策が綿密に書かれていた。関係者に配るだけのレポートではもったいないと思っていたところ、須能さんから「どこか発表する場所はないだろうか」と尋ねられたので、「これだけの中身と分量だと総合雑誌だと思う」と答えた。「総合雑誌」というアイデアを出したので、改めてレポートを読み直してみると専門的な論議が多いので、一般の読者には理解が難しいかと思い、それなら素人である私の見方も入れて書き直してみようかと、友人を通じて、雑誌『世界』（岩波書店）の編集部に原稿のデッサンを送ってみた。その結果、掲載可能との返事が来たので、これをもとに共同執筆という形で論文を出すことになった。

その成果が「持続可能な漁業を求めて」というタイトルの論文として『世界』の〇九年一月号に掲載された。石巻魚市場の風景から入って、漁業が持続可能な産業として生き残るための方策を、身近な漁業者の産直から政府の規制が必要な資源保護まで、展望してみた。私は一般の消費者も納得できる論理を貫いたつもりだが、魚市場という流通の要を運営する立場だけでなく、漁業者や仲買にも配慮がいるし、水産庁の「ＴＡＣ（漁獲可能量）制度等の検討に係る有識者懇談会」の委員でもある須能さんにとっては、言いすぎになるような部分もあったのではないかと思う。

不毛な論争

そう感じたのは、原稿を出し終わった一一月末に東京で開かれた日本水産学会が主催した

「水産業のこれからを考える」と題した「勉強会」を傍聴したときだ。小松正之氏（政策研究大学院大学教授）、本間正義氏（東京大学教授）、加瀬和俊氏（東京大学教授）の三氏が討議したのだが、議論がかみ合わないというか、議論の前提が違っていることに驚いた。小松氏と本間氏が、衰退する日本の漁業を立て直すには漁業経営の効率化、健全化が必要だと主張したのに対して、加瀬氏は衰退したのは遠洋や沖合で、沿岸漁業は健全だとして、小松氏や本間氏の「改革路線」は、漁民の共同体を大企業が破壊しようとするものだと批判した。

私の取材した実感は、沿岸漁業でも乱獲、とくに巻き網と底曳きの「一網打尽」が漁業資源を危機に追いやっているというものだったので、その前提をめぐって大論争があるとは思っていなかった。漁業資源について共通の理解があれば、後はそれを改善するための政策論で、そこで論争があるのは当然だと思ったが、前提が違えば、「改革」はいらないということだから、論議がかみ合うわけもなかった。

お互いにかみ合わない中で、会場からは、農業経済が専門の本間氏に対して「あなたは現実を知らない」という非難の言葉も出た。漁業の「現場」を見れば、沿岸漁業にも深刻な資源問題が及んでいるのはわかるはずなのにと思ったが、こういう非難の仕方で思い出したことがあった。

それは「大学闘争」のただ中にいた大学時代に日々交わしていた議論だ。お互いに「お前は本当の労働者を知らない」などと言い合う、不毛の論争だ。日本人は議論べただと思ったのは、米国にいたとき傍聴したシンポジウムの「生産的な雰囲気」に接したときだ。民主党的なリベラルな考え方と共和党的な保守の考え方と、双方が打ち出す政策は大きく異なっていたが、論争の基本はイエス、バットだったと思う。つまり、相手の考え方をまず認めたうえで、しかし、ここが違う、だから私はこう思う、という論理の展開をしていた。日本的な論議は、相手の論理よりも相手の立場を決めつけるほうが重要なようだった。

開かれた漁業を

日本は排他的経済水域の面積では世界で六番目の広さを持ち、森林からの栄養を河川が海に運ぶため、漁業には豊かな環境にある。しかも暖流と寒流が交わり魚種も豊富であり、世界で最も恵まれた漁業資源国だ。ところが、現実の漁業を見れば、漁師の生活は以前よりも低下しているし、後継者も少なくなっている。陸地の環境悪化による海の環境悪化も大きな要因だし、資源保護という点では乱獲も大きな要因になっていると思う。

工業化の巨大な波が押し寄せる中では、漁民にそれを跳ね返す力がなく、漁場を手放す代わりになにがしかの補償金をもらう「補償金漁業」がはびこった時代もあった。しかし、工業化から環境の時代に変わりつつある中では、漁民が門戸を開放して、漁民と市民が一体になって海を取り戻すことができる時代になった。大企業の参入を防ぐということは必要だと思うが、それよりも市民や国民を漁師の味方にするほうがこれからは大事だと思う。

持続可能な漁業をつくるには、乱獲にならざるをえない設備過剰を解消することが必要で、そのためには既存の権益を持っている漁業者に「減船」を促す必要があると思う。と同時に、資源のパイを増やすために、漁業の環境を復元していくことも大事だと思う。前者の政策を進めるには、公的な資金の投入も必要だろうが、既存の漁業者や漁協にもある程度の「痛み」を強いることになるだろう。しかし、その一方で開かれた漁業をめざすことで、国民の心を漁業に引き寄せなければ、日本列島の沿岸全体を豊かな漁場に戻していくことはできないと思う。「減船」などの合理化という意味では一歩後退かもしれないが、資源を回復させれば二歩前進になる。

日本人は「戦略的な思考」が苦手だというが、漁業についても戦略的な思考が必要だと思う。その意味で「持続可能な漁業を求めて」というテーマは、「さかな記者」として常に持っていなければならないものだと思う。

4　水産都市の生き方

二〇〇八年一一月下旬、石巻市内で開かれた「地方の時代をむかえて——石巻地域のまちおこしを目指して」と題した産学官交流のシンポジウムにパネリストとして参加した。基調講演は、内閣官房地域活性化統合事務局の木村俊昭企画官で、都市再生、構造改革特区、地域再生、中心市街地活性化など国が進める「地方再生戦略」の概略を話した。小樽市の職員から内閣府に転じた木村氏とは論説時代からの友人で、日本の各地を回りながら人脈を築いていく行動力や組織力に感服していたので、水産都市の「まちおこし」というテーマには最適の人物だと思っていたが、まさに全国の事例などを織り交ぜた話は地域を勇気づけるものだった。

私は、食文化の価値がどんどん高くなっているのだから、石巻のような水産都市がこれから発展する可能性は十分にあるという趣旨の話をした。その後、一二月下旬に石巻市観光協会が主催した料理ジャーナリストの岸朝子さんとのトークショーでは、石巻の観光について語る機会にも恵まれた。また、東京市政調査会が発行する「都市問題」〇九年一月号には、国際的な金融危機が地域経済にもたらした影響について、水産都市・石巻の報告を書くことにもなった。その中でも、「水産都市の生き残り戦略」を提案した。

ということで、漁業についての諸問題を書いた最後に、水産都市のあり方についても、これまで考えたことを書いておきたい。

さかな町の複合的な発展

日本全国の漁業基地と呼ばれる町の多くは、魚の水揚げを中心とした水産業だけでなく、その魚を利用する水産加工産業も付随している。産地の魚市場は消費地市場へのただの取り次ぎだけでなく、近くの水産加工に回す役割が大きいからこそ、漁業者にしてみれば、安心してその港に水揚げができるわけだ。また、漁業基地ともなれば、そこに揚がる水産物を料理して食べさせる飲食店群があり、それが観光にも結びついている。最近の水産都市は、こうした複合的な産業がからみ合って発展している。石巻もそうした水産都市としてこれからさらに発展する可能性を秘めていると思う。

漁業者、流通業者、水産加工業者といった生産者に近い立場から水産都市を展望することもできるだろうが、私の視点はどうしても消費者からということになる。そういう前提のうえで、水産都市の戦略を考えると、まずは食文化から入りたくなる。

水産都市の原点は「前浜」にあると思う。前浜とは目の前にある海のことで、「前浜の魚」といえば、近くの海で獲れた鮮度の良い魚ということになる。海に面した漁師町はどこもそうだと思うが、魚は生で食べてこそ価値があるという「生信仰」が石巻でも強い。まず生で食べて、こういう味かと確認したうえで、煮たり焼いたり料理して食べようということだろう。そのこだわりは、もっと前面に出してもいいと思う。鮮度が良いという産地の「特権」をもっと強調することが、水産都市全体を発展させる原動力になると思う。

日本の食卓に輸入の水産物が入るようになって久しい。すし屋のネタを見せながら、このマグロは台湾船がインド洋で獲ったもの、タコはモーリタニア、エビはインドネシア、などと説明していくと、そのほとんどが輸入品で、すしはグローバリゼーションの象徴に見えてくる。しかし、それは大都市の回転寿司の話で、大きな魚市場のある地域のすし屋に入れば、その多くが「前浜」で獲れたものということになるだろうし、石巻もその例外ではない。

石巻市は「食彩感動」というキャッチフレーズをつくり、水産都市であることを売り込もうとしている。しかし、まだまだ「前浜」の感動が町の外には伝わっていないと思う。第五章に書いたが、季節ごとにおいしい魚がこの町にはあり、家庭でも料理店でも食べることができる。だから、石巻に行けばおいしい魚料理が食べられる、というイメージをもっと広めるべきだと思う。

食文化戦略の先兵として私が着目するのは「サンマの刺身」、「カキ横町」、「石巻焼きそば」である。

サンマ、カキ、焼きそば

東京から来た友人たちが石巻で食べて一番驚くのはサンマの刺身だ。秋から冬にかけて、ほとんどのすし屋や料理店はサンマの刺身を用意している。最近は、冷凍・冷蔵技術の進歩で、首都圏でもサンマの刺身は食べられると思うが、産地で食べるものは鮮度も良く、とてもおいしい。サンマが主に水揚げされるのは石巻市に隣接する女川町の魚市場で、本州全体でも千葉県の銚子とサンマの水揚げを競っている。南三陸の気仙沼でも石巻でもサンマは水揚げされるのだから、サンマの刺身は、南三陸の名物料理として、もっと売り込めるのではないかと思う。

「カキ横町」は、〇八年に石巻の「観光大使」になった岸朝子さんのアイデアだ。岸さんは石巻に来るたびに、「石巻のカキは日本一、仙台に牛タン横町があるのだから、石巻はカキ横町をつくってほしい」と呼びかけている。第五章4に詳述するが、岸さんの実父、宮城新昌さんは「日本のカキ養殖の父」と言われる人で、石巻でカキ養殖の基盤を開拓、石巻から種ガキを世界に輸出するのに貢献した。子どものころに石巻の海で遊んだ経験のある岸さんにとって、石巻のカキは特別な思い入れがある。その岸さんから「日本一」のお墨付きをもらったのだから、後は「カキ横町」をつくるだけだ。

横町をつくるには費用がかかるが、そこでヒントになるのが北海道帯広の駅前にある「北の屋台」だ。〇二年に開業した「北の屋台」は、郊外に大型店ができて、これまでの中心街だったJR帯広駅の周辺の人の流れが少なくなったのに対して、駅前の駐車場を空き地にして「屋台村」をつくることで活性化しようとできたものだ。「北の企業広場協同組合」という自治組織をつくり、約二〇軒の屋台を開業させた。この仕掛け人で、十数年来の友人である後藤健市さんの案内で〇二年の冬に屋台の数軒を回ったが、安くておいしい、という評判がすぐに広まったせいか、寒い夜だというのにかなりの人出でにぎわっていた。

JR石巻駅の周辺にも駐車場はたくさんある。屋台村のような「カキ横町」なら、それほどの費用をかけなくても実現は可能だろう。殻付きの生ガキと白ワインや地酒のオイスターバー、殻付きのカキを炭火で焼いた「焼きガキ」の食べ放題店、カキ鍋にカキご飯の食堂、カキフライをメニューに入れた和食店、カキのグラタンなどの洋食店など、カキだけでもバラエティに富んだ屋台村ができそうだ。

「石巻焼きそば」は、石巻が発祥だという茶色の麺の焼きそば。普通の中華麺は黄色だが、二度蒸すことによって色が茶色になる。見た目は美しいとは言えないが、よく出汁を吸い込むので、麺の味に深みが出る。炒めるときにソースをかけずに、それぞれの店特有の出汁で炒めるのがオーソドックスな「石巻焼きそば」だ。

普通のソース焼きそばとはひと味違うというのが私の感想だが、これだけで全国からB級グルメファンを呼ぶのは辛いように思う。やはり石巻らしさは海産物だから、「カキ焼きそば」はどうだろうかと、生まれも育ちも石巻の人たちに提案するのだが、「カキは水が出るから焼きそばの味を消す」といまいちの反応。それならイカとかエビをのせた海鮮焼きそばはどうか、と迫るのだが、そのうち話は脱線して、「なんと言っても昔、俺のばあちゃんが作ってくれたあの石巻焼きそばが最高」で議論は終わってしまう。〇九年二月に「石巻焼きそばコンテスト」があり、妻はエビとカキを調理して水分が出ないような工夫をしたうえで焼きそばに入れる「エビカキ合戦」を出品した。やる気があればアイデアは出てくるのだと思う。

伝統の味なら石巻駅近くの「藤や食堂」だが、中華料理の「楼蘭」などは、海の幸を入れて味に工夫をしている。遠くからファンを呼ぶには、もっと石巻焼きそばを出す料理店を増やして、競い合うことが「名物」にする道だと思う。

石巻の人たちは、魚でもクジラでも生が大好きで、調理したものをあまり尊ぼうとしないが、日本食でもフランス料理でも、鮮度の良い魚を生かした料理のおいしい店はたくさんある。「サンマの刺身」や「石巻焼きそば」が石巻の初級コースなら、上級コースの洗練された料理の店がいくつもある。

水産加工の宝庫

料理で人を引きつけた次は、水産加工品である。町を歩いてすぐ目に付くのは笹蒲などの練り製品の店だ。石巻市蒲鉾水産加工業協同組合に加盟する企業数は一六社ある。その多くが笹蒲を製造しているから、ずらりと並べた物産コーナーを駅近くに設ければ、水産都市石巻のイメージは高まるだろう。加工品は笹蒲だけではない。サバのみそ煮、サンマの黒酢煮、クジラのベーコン、コウナゴの佃煮など、全国に展開している加工品は多い。水産都市の名を高めるには、こうした製品を一堂にそろえた展示販売のコーナーが必要だと思う。現在は、有力企業が自分のリスクで、自社製品を宣伝しているだけだが、多くの企業が競争し合っていることを示せば、そのほうが水産都市のイメージを高める効果は大きいだろう。

「北転船」による北洋漁業が盛んだったころは、ベーリング海でスケトウダラを獲った漁船団は石巻港に水揚げをした。石巻漁港は「東洋一」の水揚げを、スケトウダラから取ったタラコの生産は「日本一」を誇り、スケトウのすり身を加工した焼き竹輪やかまぼこの生産も豊富だった。二〇〇カイリの排他的経済水域が広がり、北洋漁業の基地としてもタラコ加工やすり身生産の拠点としての地位は揺らいだが、いまも輸入した冷凍品や石巻に揚がる国産品を使ってタラコを生産している企業が残っているし、ねり製品の企業は多い。「石巻のタラコ」はまだまだ名産としての価値があるのだ。

「金華」ブランドの効用

魚そのものについても産地ブランドを確立することが重要で、石巻地域では、好漁場である金華山沖から取った「金華サバ」「金華ギン（ギンザケ）」などの「金華」ブランドを使っている。「金華」のブランド力が強くなれば、「金華サバのミソ煮」など加工品にもブランドが浸透し、さらには魚料理にも広がっていくことになる。

産地ブランドに力がつけば、通信販売やテレビショッピング、インターネットの直販などの活用も増えてくるだろう。産地では鮮度の良い魚を加工することで、味も品質も良い製品を生み出しているが、量販店を中心とする現在の流通経路に乗せると、産地の付加価値を量販店の「特売」によってはがされてしまう。この傾向を打破するには「産直」型が役立つ。

テレビショッピングは、木の屋石巻水産や大興水産など地元の有力な水産加工業会社がすでに試みている。ネット販売は、個々の企業でも試みているが、全国を見れば漁協単位で実現しているところも多い。核家族化や共働き世帯、単身世帯が増えている中では、単品を大量に販売することは難しいので、「少量多品種」のパッケージが好まれる。そうなると、石巻地域の水産加工品を集めた「金華パック」のような販売戦略が有効かもしれない。そのためには、ひとつの企業ではなく、産地全体の協力が必要になるだろう。気仙沼水産加工業協組は、組合所属の水産加工業者が生産する食品を集めたセットを「気仙沼うまいものけろけろ便」として販売している。

「食文化」の発展を背景にした魚料理、いろいろな水産品をつくる水産加工業、産地ブランドが支える漁業、魚を主にした観光などを組み合わせていけば、水産都市が生まれると期待したい。

第四章

地域を考える

七夕飾りがにぎやかな石巻の夏祭り

（2008.08 石巻市内 *photo by Megumi*）

1　さくら野百貨店の撤退

二〇〇八年一月、「さかな記者」になるぞと意気込んで赴任した翌朝一二日、最初に出した原稿は「さくら野石巻店閉店へ」というニュースだった。石巻駅前に建つこの大型店は石巻市内にある唯一のデパートだけに、市民の受けた衝撃は大きかった。

河北新報がこの朝に一面トップでスクープしたニュース。抜いたことはないが追いかけるのは得意のはずだったが、デパートの場所すらわからない。まずは写真だと、カーナビを頼りにデパートにたどり着き撮影したものの、テレビで流れる画面とはどこか違う。私が撮った入り口はやけに小さいのだ。どうも裏口を撮ったようで、もう一度撮り直しに行ったら、駅前には大きな表玄関がちゃんとあった。

苦悶する中心市街地

社長の会見だというので、早速出かけてみると、「消費者の低価格志向と大型店の進出で、売り上げがピーク時の半分まで落ち込み、事業の継続が難しくなった」という説明だった。大型店というのは、〇七年初に石巻市郊外にオープンした「イオン石巻店」のことだとわかったが、わずか一年で閉店に追い込まれる、という実感がなかった。その後、イオンに買い物に行くようになり、その便利さがわかり、さもありなんと思った。

さくら野石巻店の歴史を調べると、ずいぶんと変遷していることがわかった。店の前身は五五年、旧北上川河口にある港に近い別の場所で開店した「丸光石巻店」で、その後七八年には「ダックシティ石巻店」となった。この町の人の流れは、駅よりも港が中心で、港から商店街が発展していったのだが、七四年に埋め立て地に外港ができ、魚市場も移転するころには、人の流れは石巻駅が中心になっていた。このため、九六年には「石巻ビブレ」と名前を変えて石巻駅前に移転した。しかし、親会社となった大手スーパーのマイカルの経営破綻で、ビブレグループが〇一年に民事再生法の適用を申請、〇二年に現在の「さくら野百貨店石巻

2008 年 1 月に閉店を発表したさくら野百貨店石巻店（2008.01 石巻駅前で）

店」となった。経営母体の「さくら野百貨店」は〇五年には仙台店などを運営する「さくら野百貨店」と分かれ「さくら野東北」になった。経営が悪化するたびに経営母体が変わり、それに合わせて名前も変わる。この店の変遷を見るだけで、地方の「中心市街地」の苦悶する姿がわかる。さらに付け加えれば、七〇年代後半に米ソが二〇〇カイリの排他的経済水域を設定したことから日本の北洋漁業が大きな打撃を受けて大幅に縮小したことも背景にある。北洋漁業の衰退で、その中心となる北転船の基地として栄えた石巻も大きな影響を受け、町も勢いを失ったのだ。

さて、駅前の唯一のデパートが閉店することをどう考えたらいいのか。早速、古くからの友人である中沢孝夫さん（当時は兵庫県立大教授、現在は福井県立大教授）に電話した。もともと中小企業の現場に強い人で、その縁で「ものづくり研究会」と称する勉強会で議論をしてきた仲間だ。その後、地域経済全体に視野を広げ、「中心市街地」の問題にも詳しい研究者でもある。石巻の状況を説明したら、すぐに答えが返ってきた。

「この一〇年で地場の百貨店の売り上げは二割から四割減っているが、大型店舗の売り場面積は郊外大型店の展開で五割も増えている。過当競争で、中心市街地のデパートが生き残るのは難しい。だから、逃げた女を追いかけるよりも、別の生き方を探したほうがいい。これからの中心市街地の集客は市役所や病院が引き受けるほうが、よほど効果がある。それが難しいなら、一階は店舗で残りは住宅という都市型マンションを考えたらいい」

さすが地域経済の専門家だ。早速、記事の最後に付ける専門家の談話として使わせてもらった。翌朝、記事を見たら、「逃げた女を追いかけるよりも、別の生き方を」というくだりは、残念ながら削られていた。

市役所の移転先に

このデパート閉店問題は、中沢さんが「予言」したとおりの方向に進んでいく。老朽化が進んで移転問題が出ていた石巻市役所の移転先として、このデパートが急浮上したのだ。市役所がデパートの跡に移れば、新たに市役所を建設しなくてもすむし、デパートの閉店で心配される駅前商店街の活性化にもつながる、というのだ。

閉店の発表から二週間後には、石巻商工会議所の浅野亨会頭らが市役所を訪れ「さくら野の跡に市庁舎を移転してほしい」との要望書を土井喜美夫市長に手渡した。浅野会頭は、中心市街地活性化法に基づく石巻市中心市街地活性化協議会の会長も兼ねる実力者だ。「さくら野を市庁舎に」という動きは一気に高まった。

それにしても、さくら野の撤退表明は、会頭自ら「絶妙のタイミング」と言うほど、微妙な時期のものだった。というのは、中心市街地活性化の計画書が二〇〇八年秋には提出されることになっていて、この計画に合わせて市役所の移転先も決まる可能性があったからだ。市は駅前とは別の場所（石巻市の中心地の北東にあたる大橋地区）に市役所の移転先を考えた土地を購入、整備を進めていた。そこに新しくできた道路の名前が「市役所通り」だったことでもわかるとおり、そこへの移転は規定方針だったともいえる。

政府が進めている中心市街地対策は、中沢さんが指摘したように、役所や病院、学校のような公共的な施設をつくったり、店舗と組み合わせた都市型のマンションを建てたりするというのが、大きな柱になっている。公共施設は郊外にというこれまでの政策が「シャッター街対策」として逆転したわけだ。さくら野の撤退は時間の問題で、そうなるなら市役所の移転先とするしかないと考えた石巻の商工関係者と、まさにそう考えたさくら野の思惑が一致して、「撤退を発表するならいましかない」というさくら野の決断を導いたのだろう。宮城版では、そのあたりのインサイドストーリーを書いた。

さくら野側は二月に入ると、建物を市に寄付（土地は借地）すると発表、寄付を受け入れた市は三月には、一階部分を店舗として活用することを決め、地元の食料品店が入ることになった。近くに住む人々にとって、デパートは食料や日用品を買う場所でもあったため、一階の食料品売り場を残してほしいという市民の声が多かったのだ。さくら野は三月からは閉店セールに入り、四月末には完全に店を閉めた。

問題は山積み

さくら野が建物を寄付したことで、「市庁舎の有力な候補」となったデパートの跡地は、五月には市が移転先と決定、六月に市議会もこれを承認したため、撤退表明から半年で「デパートから市役所」の変身が決まった。市役所としての店開きは二〇〇九年一月以降になりそうだが、地域が抱える問題が解決したわけではない。

第一に、市役所の一階部分に入った食料品店の客の入りが悪いのだ。市役所が移転してくれば、役所の利用客が入るようになるとは思えるが、この食料品店だけでは、町に人を集める力がないことがはっきりした。

さくら野が寄付表明をしたときの記者会見の席で、「一階部分だけを残すという選択はないのですか」と、さくら野の社長に尋ねたときの返答を思い出す。「もともと、あの店で稼いでいたのは一階の食料品売り場だけで、あとは赤字だった。一階だけでも黒字なら、店を閉じる選択はしなかったが、そこも赤字になったので閉店の選択をした。したがって、一階部分だけの経営にも興味はない」という趣旨だった。「中心市街地」での店舗経営がいかに難しいか、この返答でよくわかった。

市は、食料品店の選定にあたって、地元資本に重点を置いたようで、実際に市役所店を開くことになったのは地元のスーパーだった。しかし、イオンも出店に興味を持っていたという話をあとで聞いて、イオンにすれば、もっと違う展開があったという思いがした。というのは、さくら野の撤退を決定づけたのは、イオンなのだから、そのイオンに「罪滅ぼし」も含めて町の活性化の旗振りをやらせたら面白いと思ったのだ。

第二に、中心市街地の商店街を活性化するのに、市役所だけでは限界があるということだ。役所に用事のある人は多いと思うが、もともと買い物客ではない。やはりショッピングを楽しもうというお客を呼び寄せなければ、活性化にはならない。役所は週末には業務をしない。商店街にとっては稼ぎ時の週末に、客寄せの市役所が閉まっているということだ。

さくら野から続く町一番の中心街である「立町商店街」を歩くと、三分の一近くは店を閉じているように見える。どうしたらお客が来るのか、明確な答えはないが、絶望ではない。なぜなら、商店街の中にある「白謙」というかまぼこ店だけは、いつでもお客がいるのだ。「笹蒲」は仙台名物としても有名だが、石巻にも笹蒲の製造業者は多く、中でも最大手が白謙で、味が良いばかりでなく、ミニサイズのものをつくったり、チーズ味やカレー味など、いろいろな種類を出したり、工夫を重ねているのが評価されている。良い店には客は来る、ということだ。

第三に、「舟券売り場」問題の後遺症だ。土井市長は市街地の活性化策として競艇の舟券売り場「オラレ」を立町商店街に誘致しようとしたのだが、市議会の反対で最終的には〇八年六月になって断念に追い込まれた。舟券売り場をつくれば、売り上げの一部が市に入ってくるほか、売り場に併設してコミュニティースペースをつくるので、市民が集まるようになり、商店街の活性化にもなると市長は説明したが、「ギャンブルで活性化」への市民の拒絶反応は強かった。

舟券売り場をめぐる騒ぎを書くために、再び中沢孝夫さんの意見を聞いたところ、中沢さんは「ギャンブルのお客は、目的が違うし、雰囲気も悪くなるので、町の活性化にはつながらない」と断言した。商店街も誘致派と誘致反対派にまっぷたつに分かれていたため、オラレ問題は、活性化策を進めるうえでも大きなしこりを残すことになった。

幸せの風景

中心市街地の活性化あるいはシャッター通り問題が地方の抱える大きな課題であることは知っていたが、わが町のこととして考えたことはなかった。実際に、記者として取材し、生活者として暮らしてみると、簡単には答えの出せない問題だと改めて思う。

大型店の出店を規制したり、規模を縮小させたり、という政策もある。しかし、そんな「いやがらせ」のような政策で、大規模店の郊外展開を防ぐことはできないだろう。それどころか、郊外店が便利だと思っている人々にとっては、こうした政策は古い商店街のエゴを反映したものとしか映らないだろう。

私自身、郊外店を利用するうちに、郊外店にはそれなりの利点がたくさんあるということに気づいた。客は利点の多いところに流れるのだ。

たとえば、石巻の冬は寒いが、郊外店の中は暖房が効いているのでコートなしに、ショッピングができる。夏場の冷房も同じことだ。郊外店は、大手スーパーのほかにテナントの形でさまざまな店が入っている。シネコンの映画館もある。テナント店をのぞき、ときにはシネコンで映画を観て、最後にスーパーで食料品を買って帰る、という行動パターンができてくるのだ。商店街もアーケードのあるところでは、寒さもだいぶしのげるが、郊外店の屋内にはかなわない。車を持っていれば、郊外店は駐車料金も無料だ。石巻と仙台を結ぶ定期バスもここを通るので、ここの駐車場を利用してバスで仙台を往復する人も増えているという。

郊外店には、カフェテリアのようなスペースがある。ラーメン、うどん、たこ焼き、スパゲティなどの店が屋台のように並んでいて、そこで買ったものを共通のスペースで食べるのだ。週末の夜、そのカフェテリアでラーメンを食べながら、周りの親子連れを見ていると、皆楽しそうに食べている。大げさかもしれないが、「日本の幸せ」がここにはあると気づいた。

どの食べ物も値段はほぼ同じだから、親は「好きなものを取っておいで」と言って、子どもたちに選択をまかせることができる。一人千円もあれば、アイスクリームのデザートまで食べられるのではないか。商店街のように、安い食堂の隣に高いレストランがあるわけではない。

ささやかだが、皆が同じような贅沢を楽しんでいる。いま日本の中の「幸せの風景」はどこにあるかと問われたら、私は迷わず週末の大型郊外店のカフェテリアの家族を挙げる。

街の中にある商店街がこの「幸せの風景」を取り戻せるか。中心市街地活性化策の原点は、ここにあるのではないか。

2　斎藤氏庭園の公有化

「裏に酒田の本間あり、表に前谷地の斎藤あり」。戦前の宮城県桃生郡前谷地村（現石巻市前谷地）と言えば、山形県酒田市の本間家と並ぶ斎藤家という大地主がいたところとして知られる。水田面積一三〇〇ヘクタール、小作人二六〇〇戸。小作地の広さでは、本間家のほうが大きかったが、現金収入という点では斎藤家のほうが上回った時期が長かった。というのも斎藤家を大地主にした九代目の斎藤善右衛門（一八五四～一九二五）が小作料を元手に金融業などに手を広げ、事業家としても成功していたからだ。

九代目の名をとって「斎善王国」と呼ばれた斎藤家の小作地は、戦後の農地改革でほとんどを取り上げられ、斎藤家は没落した。その象徴が一九四八年の本宅の解体だった。七代目の斎藤善次右衛門が一八四三年（天保年間）に建てたという母屋の面積は五〇〇平方メートルを超え、畳の数では一四〇畳もあったという。それが解体されて、売りに出されたのだ。それでも善右衛門が整え、一一代目の斎藤養之助（一九一九〜二〇〇〇）が手入れをした庭園は、明治の面影を残した住居や集会所、土蔵などが散在し、大地主の屋敷の名残をとどめている。このため、二〇〇五年には、国の「名勝」の指定を受けている。

地震で壊れた

その斎藤氏庭園の現在の所有者である斎藤武子さんから突然、電話をもらったのは二〇〇八年八月二四日の午後だった。武子さんは養之助の未亡人で、いつもは仙台で暮らしている。この日未明の岩手県沿岸北部地震で土蔵の一部が壊れたので、現況を見に来てほしいという内容だった。「地震で文化財が壊れた」というのはニュースだと思ったが、午後も遅い時間だったので、翌朝行くことにした。

石巻市内から三〇分ほどの斎藤氏庭園に行くと、佐々木省一さんという管理人が案内してくれたのは「裏土蔵」と呼ばれる蔵で、ナマコ壁が一メートルほどずり落ち、崩れた壁の一部が地面に散らばっていた。写真を撮ったものの、この土蔵は〇三年の宮城県北部地震で一部が壊れ、青色のビニールシートがかけられていて、その隙間からナマコ壁の崩壊が見えるため、写真ではわかりにくい感じがした。

「写真の迫力からいって、扱いは県版だな」と判断しながら、せっかく来たのだからと、庭園内を案内してもらっていたら、佐々木さんが「ああ、大変だ」と大きな声をあげた。見ると、「裏土蔵」とは別の「表土蔵」のひさしが崩れ落ちていて、その上に載っていた数十枚の瓦が地面に散乱していた。「昨日の午前、市役所の人と一緒に見回ったときは、何ともなかった。昨日午後の雨で重さが加わり、崩れたのだろう」と佐々木さんは言う。被害の度合いからいっても、これは「本紙」（全国版）だと思い、写真を撮り、局舎に戻ると、市役所などからも取材して原稿を書いた。

地震でひさしが崩壊した斎藤氏庭園の土蔵
（2008.08 石巻市前谷地で）

　記事は予想どおり、本紙の第二社会面に写真入りで掲載され、しかも都内に配られる最終版まで通った。石巻に赴任して、本紙では最初の署名記事となったため、紙面を見た東京の同僚や友人から、「写真がちゃんと写っているのは、奥さんが撮ったからだろう」というメールがたくさん来た。署名入りの記事の場合、通常は写真説明に撮影者の名前が入るのだが、写真を送稿するときに撮影者の名を入れ忘れたためそれがなかったのと、妻がアマチュアのカメラクラブに入っているので、そう思われたのだが、残念ながら撮影者は私だった。ニコンD80というデジタルカメラで、「P」(プログラム)というポジションにしておけば、ありきたりの写真はできる。

本紙に掲載されたのは、写真からも文化財の被災の様子が伝わったからだが、もうひとつ「独自ダネ」という要素もあったと思う。斎藤武子さんは、自分の持っている名刺を見ながら、いろいろなメディアに連絡したのだと言うが、すでに転勤になっている人ばかりだったそうで、結果的には、震災後の現場に最初に来た記者は私ということになったのだ。地震直後に崩壊していれば、見回りに来た市役所の人が見つけて市の地震被害報告などに記載したはずで、そこから多くの記者も気づくことになったと思うが、地震と崩壊との間に時差があったことから、一日遅れの私が管理人とともに「第一発見者」ということになった。

進まぬ公有化

記事が大きく掲載されたこともあり、仙台総局のデスクから「なぜ、こんな事態になったのか、というインサイドストーリーはどうか」という提案があった。そこで、改めて県や市から取材して、宮城版に、「名勝庭園修復、道険し」という見出しの付いた記事を書いた。文化庁は名勝に指定した当初から、石巻市に対して公有化を促したが、市は財政難を理由に拒み、所有者に無償で寄付するよう求め続けているという経緯を書いた。

文化財を公有化する場合、市町村が管理者になり、国が購入費の八割を負担、残りを県と市町村とが折半するのが通例で、斎藤氏庭園の荒廃に頭を痛める文化庁は、「市が公有化を決めるなら、予算を優先的につける」とまで明言している。あちこちの自治体から、名勝に指定してほしい、世界遺産に登録してほしい、といった陳情を受けている文化庁にすれば、八割の補助を出すのだから、さっさと公有化して、「国の名勝」を観光の目玉として活用すればいいじゃないか、という思いだろう。

一方、石巻市にすると、庭園のある前谷地はもともと河南町で、二〇〇五年に石巻市と合併する際にも、その引き継ぎはなかった。名勝の指定は合併されてからだが、申請は合併前で、修復や維持管理に多額の費用がかかる案件をいきなり押しつけられたようなもの、購入するなんてとんでもない、ということだろう。

それでは、斎藤さんの事情はというと、「生活費にも困る」という財政状態で、公有化してもらえないと、これまでの借金を返せず、「庭の松の木で首をくくるしかない」というのだ。

養之助は遺言で、家屋敷を武子さんに遺すにあたり、維持管理のために相当の資産も残したはずなのだが、斎藤ファミリー内の資産争いの中で、消えてしまったようだ。〇三年の地震のときは、二五〇〇万円をかけて一部を修復したというが、今回の地震で壊れたところを直す余裕はまったくないという。文化庁が公有化を急がせているのも、七五歳という斎藤さんの台所事情と健康状態を考慮しているからだろう。

国と斎藤さんは公有化を求め、市は寄付を求め、膠着状態になっている中で、斎藤さんが打開策を出してきた。〇八年八月下旬、公有化された際には、市の負担分となる一割を市に寄付すると、市に申し出たのだ。対応した市教育長は「寄付によって、公有化の障害がなくなった」として公有化問題は一気に前進することになった。

ところが、公有化で障害になったのは、今度は県のほうだった。県は内規で文化財の補助については最高八〇〇〇万円という上限を設けているため、庭園を公有化する金額が八〇〇〇万円を超えれば、県の負担分も八〇〇〇万円を超えるため、内規に引っかかるとして、公有化を渋り始めたのだ。国から公有化を進めるように迫られた県は一一月になって、「県にも寄付をお願いできないか」と斎藤さんに打診してきた。八〇〇〇万円を超える分について、寄付を求めてきたのだ。この話は現在進行形で、一二月になって斎藤さんと県と市が公有化することで「基本合意」し、二一年度中に公有化される手はずになった。

ボランティアの広がり

ところで、縁とは不思議なもので、赴任してすぐに社の同僚からメールを受けた。同僚が仕事を依頼していた平きょうこさんという石巻市在住のデザイナーが斎藤氏庭園の状況を心配しているという内容で、連絡をとると、「このままでは石巻の貴重な文化財が荒れてしまうので、ボランティアで何か保存に役立つことをしたい」ということだった。そこで、ちゃんと調べようと思っていた矢先だったのだ。

さらに、庭園の話を斎藤武子さんから聞いているうちに、「斎藤家のことは、この本を読めばわかる」と、一冊の本を手渡された。朝日新聞仙台支局が一九七九年に刊行した『斎藤家・周辺物語――みやぎの農地解放』という本を、斎藤家が社会貢献のためにつくった斎藤報恩会が九五年に復刻したものだった。「あとがき」を読むと、この本は七八年のほぼ一年間、一八五回にわたって宮城版に連載した記事をまとめたもので、その連載を支えたのは、「歴史の証人は年ごとに消えていく。記録を残すのはいましかない」という足立公一郎・前仙台支局長の情熱だったと解説してあった。足立さんは第一章にも書いたが私が初任地の山形支局に勤務していたときの支局長だ。この本を読むと、斎藤家の婚礼や葬式の詳細な記録が出てくるが、この手法は足立さんが私たちに手ほどきしたものと同じだった。

没落する大地主の最後の輝きを記録したのが、この連載記事だとすれば、それから三〇年後に、わずかに残された輝きも消える寸前の現場に、足立さんの薫陶を受けた記者のひとりが立ち会っているのも、何かの縁と思えるのだ。

斎藤氏庭園の保存に対する地元の人たちの目は、決して温かいものではないと聞いた。斎藤家が大地主であっただけでなく、金貸しとして厳しい取り立てをしたからだろう。戦前の二八年には、農民運動史に「前谷地事件」として名を残した激しい小作争議が起きたが、その憎悪の対象は「斎善」こと斎藤家であった。厳しい弾圧で、農民運動は抑圧されたが、「斎善」に対する怨念はこの地域に残ったのではないだろうか。戦後の農地解放で、多くの小作人は斎藤家の農地を手に入れた。しかし、この地域の出身で満州開拓から引き揚げて斎藤家の所有する山林を開拓しようとした農民と斎藤家とは対立したようで、農地解放が過去の怨念を消したわけではなかった。

保存に向けて

斎藤氏庭園の保存のため、地元が音頭を取るということがないのは、このあたりの「土」に深く宿るさまざまな思いがあるのだろうと想像する。こうした話になると、なんとも重苦しい気分になるのだが、ほっとすることもあった。管理人の佐々木さんが「この庭園を守るためなら何でもやりたいが、自分にはお金も力もない。ただ、満州の開拓から帰ってきて、ここで開拓を始めた父親が満州で覚えてきた歌をいつも口ずさんでいて、自分も覚えている。この歌が世に出れば、少しのお金になるのではないか。斎藤さんには、一度もこの話をしたことがないが、もしそうなるなら、この庭園の保存のためにすべて寄付したい」と言って、次の歌を唄ったのだ。

遠いお国は早春なれど
ここは蒙古の北のはて
遠く離れたおいらの身には
ありし昔がしのばれて
国の便りが気にかかる

戦後、前谷地の開拓地で生まれた佐々木さんが父親から聞き覚えたというこの歌がお金になる方策を私は知らない。しかし、この庭園をなんとしても守りたいという佐々木さんの思いは、かなえてあげたいと思った。

ボランティアで何かできないかと言っていた平さんは、友人のコピーライターの日出山陽子さんと一緒に、斎藤氏庭園を案内するパンフレットを作成することにした。庭園のパンフは以前にあったものをコピーしたもので、白黒でみすぼらしいものだったからだ。これに石巻市内の印刷会社、七星社の前堀達男社長が共鳴して無償で二千部を印刷して、斎藤さんに寄贈、カラーの美しいパンフが庭園などに置かれるようになった。二〇〇八年一〇月のことで、私はこれも記事にした。

斎藤さんの財政状態はかなり逼迫しているようなので、石巻の友人に頼んで、骨董品を扱う人たちに、屋敷内の美術品などを見てもらったが、購買意欲をそそるようなものはなかった。ただ、大きな屋敷だけに、什器類がたくさんあり、戦前の地主の暮らしぶりを思い浮かばせるようなものがたくさんある。たぶん、ひとつひとつの価値はたいしてないのだろうが、散逸してしまうのは惜しいと思うものばかりだ。

いずれ公有化が実現すると思うが、市にはこうした雑貨を購入する気はない。日用品をそろえて展示してこそ、地主の暮らしぶりを見るという斎藤庭園の価値は出てくると思うのだが、行政にそこまで望むのは無理ということだろう。

歴史の皮肉

屋敷内にある美術品や雑貨を見せてもらうと、八代目の斎藤善次右衛門(一八二七〜

一八六八）の書が出てきた。善次右衛門は戊辰戦争で仙台藩による会津征討に加わり、白川口の戦いで戦死したのだが、そのとき白川の陣中から斎藤家に当てた書状を貼り付けて巻物にしたものだった。後日、石巻市教育長（当時）で、郷土史に詳しい阿部和夫さんに、その話をしたら、書状などを基にした善次右衛門の伝記があるが、現物の書状を見たことはないと言う。

そこで、あることを思いついて実行した。斎藤さんから、その書状の巻物と「斎藤善次右衛門の遺墨」と書かれた巻物を買い取り、市に預けたのだ。いずれ公有化が実現したら、斎藤氏庭園に展示するものとして、市に寄付しようと思っている。阿部さんが言う伝記は、養之助が六八年に斎藤報恩会から刊行した『斎藤善次右衛門有房伝』のことで、これも斎藤さんからいただいた。斎藤家の八代目が一人の人間として戊辰戦争に従軍し、書状をしたためた事実は、この庭園の歴史を思い浮かべるうえでも、かっこうの資料だと思う。

一方、「遺墨」は、『有房伝』によると、一八六八年三月に書かれたもので、会津藩追討の命を受けて、出陣するとともに、藩に対して、加増などの条件を付けずに一万両の献金を申し出た書状だ。江戸時代の一両の価値は数万円だろうが、この時期は幕府の崩壊寸前でインフレが進んでいたはずだから、たとえば五千円とすると一万両は二五〇〇万円ということになる。『有房伝』によると、一万両は三カ年分納で、このうち少なくとも三七〇〇両は献納されたとある。善次右衛門は、このときだけでなくたびたび私財を献納していたという。九代目の善右衛門も報恩会を通じてさまざまな慈善事業を行い、その規模は現在価値で約一〇〇億円と、上掲の『斎藤家・周辺物語』にはある。善右衛門の後も寄付は続いたようで、戦前には陸軍と海軍に飛行機を一機ずつ寄付している。

善次右衛門が多額の資金を献納した仙台藩は明治維新でなくなり、善右衛門以降の斎藤家が寄付し続けた国家も第二次世界大戦で崩壊し、戦後の農地解放は斎藤王国の基盤を土台から壊した。そして、一一代目の未亡人が困窮して、市に公有化を求めたときに、市は「文化財の公有化は寄付が一般的と聞いている」と無償での寄付を求めた。最終的には国が八割の補助金を出し、斎藤さんが市の負担分を寄付することで、公有化は実現されそうだが、斎藤氏庭園の物語は歴史の皮肉を象徴しているようだ。

3 ナノバブル

月に一度、私の管内である東松島市が市長の記者会見を開く。その会見を設定している広報政策課長の新田孝志さん（当時）が「ぜひ、見ていただきたい企業」があるといって、東松島市内にある「ＲＥＯ研究所」という企業を紹介してきた。「ナノバブル」という水を開発している企業ということだった。ベンチャー企業ということで興味はあったのだが、日々の仕事に追われて、なかなか行けなかった。何度か催促されて、四月のある日、そこを訪ねた。

そのナノバブル水の開発者である千葉金夫さんが最初に見せてくれたのは、淡水魚の金魚と海水魚のタイが同じ水槽で泳いでいるところだった。愛知万博でも展示されたとのことだった。次に見せられたのがテレビ番組「ニュース23」で放送されたナノバブルのビデオで、約一〇分程度の長さだったと思う。ナノバブルが石巻の名物である笹蒲の腐敗防止に役立っているほか、医療分野でも臓器を長時間保存させることで臓器移植の範囲を広げる可能性があることなどが紹介されていた。非常に面白い技術だと思ったが、ナノバブルの発生装置については、産業技術総合研究所と共同で特許申請中で秘密保持のため見せられないということだった。「ブラックボックス」の領域があるとなると、そう簡単に記事にはできないという印象を持った。

農業、省エネ

その後、ニュースになりそうな話がふたつ出てきた。ひとつは、東松島市内にある試験田で、窒素のナノバブル水を使って稲作をしたところ、雑草が少なく生長も良好だという話、もうひとつは、重油の中にナノバブル水を入れて攪拌すると、薄めた油でも燃焼するという話だった。

この試験田に明治大学農学部の玉置雅彦教授が来たときに、「メカニズムはわからないが、不思議な現象だ」と言って、雑草が生えにくいことや生長が良いことに驚いていたので、それを県版の記事にした。稲刈りのときにも見学し、その後、精米した見本をいただいて食べた。おいしかった。ナノバブル水によって農薬に頼らなくても雑草が生えないことが実証されれば、有機農業にも朗報になるだろう。無農薬や低農薬を実践する農家にとって、雑草の草取りは大きな労苦になっているからだ。

一方、水と油の話は、ＲＥＯ研究所にある船舶用のエンジンを油と水の混合物で動かしてもらったら、ちゃんと動いた。このときの混合比率はナノバブル水が二〇％だったが、千葉さんによると四〇％でも大丈夫だという。

油と水とを混合して燃やすという技術は「エマルジョン」と呼ばれ、さまざまな研究がなされている。界面活性剤を使って水に油を溶解させるのが基本だが、ＲＥＯ研究所は水と油だけだ。通常のエマルジョン技術は、水を熱することで起こる水蒸気の爆発で油の粒子を細かくして、油の燃焼効率を高めるのが基本なので、水の混合比率は一〇％程度だという。千葉さんは「水で油を燃えやすくするのではなく、油で水を燃やすのだ」と鼻息は荒い。

水を混ぜることでどれだけ発生する熱カロリーが落ちるか、水を混ぜるために使うエネルギーはどれだけか、排出するガスに公害の問題はないか、混合された燃料が再び水と油に分離することはないか、など多くの研究課題が残るが、ＲＥＯ研究所には、研究する財政的な余裕がないという。ボイラーや発電など固定されたエンジンであれば、ナノバブル発生装置を付けやすく、本当に効果があがるのなら電力会社などに有効だと思う。

抗ガンの可能性も

二〇〇八年一一月末に東京文京区の東京医科歯科大学で、ナノバブル研究会が開かれた。主催したのは同大学の眞野喜洋名誉教授で、ガン細胞の培養実験でオゾンのナノバブル水を使ったところ、ガン細胞が劇的に減少したことなどを報告し、将来ガンの抑制に使われる可能性を示した。この研究会は今回が四回目で、これまでに膵臓《すいぞう》の中でインスリンを分泌する膵島を保存するのにナノバブル水が有効で、遠隔地への膵島移植の可能性があること、口内炎の予防に効果があることなどが報告されてきた。ガンについては初めての発表だっただけに、多くのマスメディアも取材に来ていた。とくに、テレビ朝日系列の「報道ステーション」は、当日の番組で取り上げた。

テレビで報道されたことで、翌日の朝、千葉さんが会社に出てくると、「余命数日」という人の母親が会社の入り口で待っていたという。「あくまで試験用で決して薬ではない」という説明をしたうえで渡したそうだ。

千葉さんは、水質改良の企業を興したものの失敗した経験があるだけに、今度はじっくりと育てていきたいと言う。ナノバブルの製造については〇八年九月に特許が認められた。夢は、ナノバブルの製造工場を真ん中にして、水産加工、医薬、化粧品などの工場が並ぶ工業団地をつくること。そして、ナノバブルを使った農園や医療施設、さらにナノバブル水のプールでアトピーに苦しむ子どもたちの健康増進をはかることだという。大きな夢だが、ベンチャー企業だからこそそのそんな夢があってもいいと思う。

4 森は海の恋人

二〇〇八年五月末に岩手県一関市室根で開かれた「森は海の恋人」運動の二〇回目の植樹祭を祝うシンポジウムに参加した。シンポジウムは京都大学国際日本文化研究センターが主催したもので、誘ってくれたのは、経済部で先輩記者だった村田泰夫さんで、このときは農林漁業金融公庫理事だった。一関はわが管内ではないし、村田さんの縁がなければ、こうした会があるのも知らなかったし、仮に知っていても参加しなかったと思う。

鉄が地球を救う

シンポジウムの中で、私にとって最も興味深かったのは、宮城県気仙沼市唐桑町でカキ養殖業を営んでいる畠山重篤さんの「鉄が温暖化を防ぐ」と題した講演だった。畠山さんは「赤潮にまみれた気仙沼湾に青い海を取り戻したい」と、気仙沼湾に注ぎ込む大川流域の林業農家などに呼びかけて、八九年に「牡蛎の森を慕う会」をつくり、仲間の漁師に植林を呼びかけた。それに大川周辺の山林を持つ人々が加わり地域全体の運動になっただけでなく、海を守る植林運動として全国的な運動に広がった。

畠山さんは講演の中で、森が海をよみがえらせる元として鉄分（フルボ酸鉄）の働きを強調した。森の腐葉土に含まれる鉄分が川から海へ流れ込み、その鉄分が植物プランクトンを生育させ、食物連鎖を通じて、海藻や貝類、魚類を育て、海をよみがえらせる、というのだ。

森の栄養分が川を通じて海を豊かにする、というのは、アウトドアライターというよりも自然保護運動に取り組む活動家として知られる天野礼子さんから何度も聞いていた話だった。天野さんの企てには何度も参加したことがあるが、〇六年に山形県最上町の赤倉温泉で開かれた「小国ダム」建設をめぐるシンポで、天野さんは、森から海への一方通行ではなく、クマが川で獲ったサケをくわえて森に入るので、その食べかすによって森が豊かになるというカナダでの研究を紹介して、森と海との双方向の営みがあると説明していた。

だから「森と海が恋人」という話は理解していたのだが、そのキューピッド役が鉄分というのは初めて聞く話で新鮮だった。畠山さんは、鉄分の話を進めて、いま新日鉄が製鋼スラグを利用した「人工腐植酸鉄」を北海道の海に沈め、そこでコンブの生育が盛んになっているという実験を進めていることを紹介、これが実証されれば、日本列島の周りを海藻の森にできるし、さらに世界の海に広げれば地球規模での地球温暖化対策になると夢を語った。

明治以降の日本の近代化は、国民に豊かさをもたらす一方で、豊かな環境を破壊し続けてきた。とくに戦後の重化学工業を中心とした産業立国による破壊は壮絶だった。しかし、脱工業化社会という言葉が出て久しいし、重化学工業も「環境にやさしい企業」を掲げ、環境に投資をするようになってきた。これからは、近代化の過程で失った海を取り戻す時代だと思う。海が戻ってくれば、魚も戻ってくるわけで、漁業も発展していくに違いない。

いまの漁業は、資源の枯渇という恐怖におびえながら、衰退傾向をたどっているが、海や魚がよみがえれば、漁業再生の基盤ができるわけだ。

一一月に国土緑化機構などが主催して長崎県佐世保市で開いた「国民参加の森林づくりシンポジウム」の詳報が朝日新聞（〇八年一二月六日付）に掲載され、畠山さんが植樹運動によって気仙沼湾がよみがえったという基調講演をしたことが出ていた。その記事の中に「鉄分の効果未解明、副作用指摘する声も」というコラムがあり、こんなことが書いてあった。

日米欧の研究グループが九三年実際に海で鉄をまく実験を開始した。実用化を当て込んだベンチャー企業も生まれた。だが、海域や時期によって得られた結果はまちまちで、効果はまだはっきりしていない。気候変動に関する政府間パネル（ＩＰＣＣ）は、〇七年の第四次評価報告書で、生態系への影響があるなど「未知の副作用が起きる危険性もある」と指摘した。

鉄を海に置いて海をよみがえらせるという夢が、そう簡単に実現できるわけではないということだろう。しかし、挑戦がなければ進歩はないことも確かで、こうした研究や実験も進めてほしい。鉄という特効薬は未解明でも、豊かな森をつくることが海を豊かにするという事実は動かないわけで、日本中、あるいは世界中に、「森は海の恋人」がもっと広まってほしいと思う。

植樹祭で出会った人

話を一関のシンポに戻すと、翌日、一関市室根町矢越の「矢越村ひこばえの森」で開かれた植樹祭には千人を超える人たちが集まり、集会の後、ミズナラやカツラ、ミズキなどの苗木一五〇〇本を植えた。

集会の中で、植樹祭に参加していた熊本市でノリ養殖業を営む浜辺誠司さんから面白い話を聞いた。浜辺さんも一五年前から、有明海に注ぐ緑川の植林運動に取り組んできたそうで、運動を始めた後で畠山さんの運動を知ったという。「有明海の魚影が薄くなったので、何が原因か、川をさかのぼっていったら、はげ山となって荒廃した山を見つけた」と、植林運動のきっかけを語っていた。日本列島の北と南で、漁師が自らの足と頭でたどり着いた結論が同じだったということが面白いし、すばらしいことだと思った。

浜辺さんが感心していたのは「森は海の恋人」というキャッチフレーズだった。この言葉が人をひきつけているという指摘で、自分たちの運動ではこれだけの人を集めることが難しいと語っていた。

実は、その「森は海の恋人」という言葉をつくった人も、植樹祭に来ていた。気仙沼の歌人、熊谷龍子さんで、林業を営む夫の博之さんとともに、この運動を支えてきたという。熊谷さんがつくった歌は

森は海を海は森を恋いながら悠久よりの愛紡ぎゆく

というもの（熊谷龍子著『歌集　森は海の恋人』所収）で、これを縮めて標語にしたのが「森は海の恋人」ということだった。

熊谷さんとは初めての出会いだったが、石巻に赴任した当初からすばらしい歌人がいるから会いに行けと勧められていた。勧めてくれたのは、宮城県柴田町に住む高成田悦康さんという

人だ。同じ高成田という姓であることから、私の亡父が悦康さんに連絡して、高成田という一族のことを調べたことがあった。その縁で、悦康さんから熊谷さんを紹介されていたのだ。悦康さんは、詩歌好きなことから熊谷さんを知り、熊谷さんに「一族の人間が石巻の朝日新聞に来た」と伝えておいてくれたようで、熊谷さんも私のことを知っていた。縁とは不思議なものだ。

ということで、植樹祭の会場で会ったときにも、こちらは初対面という感じがしなかった。その熊谷さんから一〇月末に新しい歌集『無冠の森』（六花書林）が送られてきた。山間の生活だと聞き訪ねたいと思っていたので、歌集の取材と称して、熊谷さん宅を夫婦で訪ねることにした。熊谷さんの住所を「カーナビ」に入れると、大きな道路から山に向かって入る小さな道路の線も消えた先に目標地点が表示されている。実際にも狭い山道で、この先に人家はないから引き返そうかと思ったところ、突然、大きな家が見えて、これがそうだと思った。

熊谷さんに案内されて、いつもの散歩道を歩きながら話を聞き、家に戻ってからは、夫の博之さんと酒を酌み交わした。熊谷さんの歌を読む楽しみは、歌集を手に入れるしかないが、ほんのさわりという意味で、私が書いた記事（朝日新聞二〇〇八年一一月一七日付宮城版）の一部を紹介しておく。

《樹が哭くということをあなたは知っていますか　風の暮れ方樹は哭くのです》

町の騒がしさから遠く離れた森のなかも、さまざまな音にあふれていることを歌集は教えてくれる。「夕暮れに歩いていると、大木が風にきしむ音を出すことがあって、木が泣いているように感じます」と言う。風にそよぎながら「笹語」を話す笹の群生、デデッポッポーと鳴く山鳩、五五五六六の破調で歌人の仲間入りするホトトギスなど、音を聴くのもこの歌集を読む楽しみだ。

《夕暮れのわたしはすこし邪なこと想いながら坂を下りぬ》

歌集は、自然の移ろいとともに、人の心の移ろいも見せる。さまざまな過ちの時効の日が熟すのを待つ日常、いさかいが薄まるのを感じた笹群れの音など、歌の裏側に見え隠れする「歌びとの哀しい性」にも引きつけられる。

継続は力

話はまた植樹祭に戻るのだが、植樹祭の後、チャーターした旅客船に乗り、畠山さんの案内で、気仙沼湾のカキ養殖場を見るツアーに加わった。船の中で、畠山さんは、湾全体で四〇〇〇台の養殖いかだがあると説明した後、「カキ殻は炭酸カルシウム、つまり二酸化炭素を固定しているわけで、カキ養殖は地球温暖化対策に役立っている」と言って、聴き手の拍手と笑いを得ていた。

養殖業の学習の後は、地元の海産物や農産物を食べながらの懇親会。畠山さんがむいてくれたカキは、海がよみがえったと言うだけに、ぷっくりと大きな身は味覚も豊潤だった。

畠山さんは「この二〇年の植林運動の中で、気仙沼湾の浄化が進んだだけでなく、子どもたちへの植林教育にも力を入れたことで、孫の代まで植林が続く土壌ができた」と、運動の成果を語った。まさに「継続は力なり」だと思った。

5　女川原子力発電所の存在

「さかな記者」をめざそうという私にとって、石巻という任地は願ってもないところだと思ったが、実際に着任してみて、やはり気の重いものがあるなと思ったのが東北電力女川《おながわ》原子力発電所と航空自衛隊松島基地だ。原発があるのは石巻市の東に隣接する女川町、基地があるのは西に隣接する東松島市で、どちらも私の管内である。どちらも事故が起きれば、大きな惨事になるおそれがある。可能性はほとんどないと思いながら、そのときに、たまたま石巻に居なかったらどうしようかと考えてしまうのだ。地方支局の役割は、その地域の動きを日々見ながら、記事を出すことだろうが、滅多に起きない大事件のときに、いちはやく現場に駆けつけて、迫力のある写真を撮ることにあると思う。そういうときに限って自分はいないのではないかという恐怖心があるのだ。

原発の緊張感

最初に原発を身近に感じたのは、事務所のロッカーを開けたときだ。ポケット線量計、ポケット・サーベイ・メーター、ヨウ化カリウムの錠剤、作業用防塵マスク、微粒子状物質用の除去装置、白衣など、いろいろな「原子力事故」取材用の道具が置いてあった。こうした道具が必要な大事故が起こる確率は低いと思いながらも、道具類を見ているだけで緊張感がこみ上げてくる。

まず手にしたのは、携帯電話をふた回り大きくしたようなポケット・サーベイ・メーター。電池を入れると、「ゼロ」の表示が出たので機能しているようだが、当然のことながら針が動かないので実感がない。注意書きに「電子レンジに近づけないこと」とあったので、近づけてみたがやはり針は動かない。この話をネットコラムの「ニュースｄｒａｇ」に書いたら、マイクロウエーブは電磁波で、放射線とは違うと笑われた。私の知識はこの程度のものだ。

会社が作成した「手引き」によると、「一時間当たり一〇マイクロシーベルト」が「目安」だそうで、これを超えたら「ただちに上司に報告し、その後の業務について相談する。これがどんどん上昇するようなら、ただちに待避しながら上司に相談する」とあった。相談を受ける上司はどう答えるのだろうか。「もうあなたは子どもをつくる必要はないでしょうから、現場にとどまってください」と言うのだろうか。上司はともあれ、住民がいれば踏みとどまるしかないよな、などと、線量計を触っているだけで、いろいろな場面が浮かんできた。

錠剤のほうは「放射性ヨウ素被曝による甲状腺障害の予防薬」とあった。説明によると、「被曝六時間前～直前服用」は放射性ヨウ素の摂取を「ほぼ完全に防止できる」、「被曝後三時間服用」は「約五〇％防止できる」、「被曝後六時間後服用」は「防止できない」とあった。なるほど、これが身近にあるのは大事なようだ。

防災訓練

原発事故が起きたときのイメージがおぼろげながらつかめたのは、二〇〇八年一月下旬に宮城県、女川町、石巻市の三者が合同で実施した「原子力防災訓練」のときだった。毎年行われているもので、このときは、原子力災害対策特別措置法に定められた一〇条（放射線量の異常事態が一五条（原子力緊急事態）事態に拡大したという想定の訓練で、住民の一部も避難訓練に参加するかなり大がかりのものだった。その前日、取材はどうしたらよいのか、石巻記者クラブの「先輩記者」（ここでの経験が長いという意味）に聞くと、「絵（写真）になるのは住民の避難風景」と言う。早速、女川町の住民避難計画を調べると、出島という島の住民が漁船で女川漁港に避難するというもので、確かに絵になりそうだと思い準備した。

ところが、訓練当時の朝になると荒れた天気で、女川町の役場に尋ねると、訓練は実施するが、出島からの避難は中止とのこと。そういえば、前夜会った「先輩記者」が「明日は海が荒れそうだから、私は石巻市のほうの訓練を取材します」と言っていたのを思い出した。「翌日の天候まで読むのか、さすがプロだ」と感心する間もなく、あわてて石巻市の訓練場所に向かった。原発は女川町だけでなく、いまは石巻市に合併された旧牡鹿町にもまたがっていて、こちらの訓練は「一週間前の地震で道路が遮断された場所に、自衛隊の車両が入って住民を輸送する」というもの。原発で重大事故というと地震による被害を思い浮かべるが、地震で原発が壊れたのではなく、「一週間前の地震で道路が遮断された」という設定に、地震と原発とを結びつけたくないという立地自治体の芸の細かさが出ていると思った。

自衛隊による輸送訓練の写真を撮った後、住民の移送先を追いかけたら、牡鹿半島の先端に近いところに建てられた牡鹿保健福祉センターにたどり着いた。そこでは、防護の白衣を着た医療関係者が放射線の計量器で避難してきた住民を念入りに検査していた。初めて訓練を見たせいだと思うが、その異様な風景に圧倒された。ダスティン・ホフマンが強力な伝染病と闘う映画『アウトブレイク』の収容施設の場面を思い出した。

検査の訓練が終わり、一休みをしている住民と話をした。高齢の女性は「私の家は発電所から直線距離で五キロしかありません。いつも心配で心配で」と言う。風向きによっては、半島の先端部分は取り残されてしまうという。「船で逃げられますよ」と応じたら、「海が荒れたらもうおしまい」。そこで、実はこの朝、女川の出島の訓練を取材する予定だったが、天候が悪いので訓練が中止になったという話をしたら、そばにいた若い女性が「私はその島の出身です。海が荒れたら、どこにも逃げられません。島と陸地とは三〇〇メートル足らずなので、ずっと橋をかけてほしいとお願いしているのです」。それを聞いていた高齢の女性が「そうなったら、おしまいだな」とぽつり。

原発の立地によって、住民はさまざまな恩恵も受けている。女川町は財政が豊かなので、周りの町が石巻市との合併を決める中で、合併しなかったという。〇八年末に東北電力からはがきが届いた。「原子力立地給付金交付のお知らせ」とあり、〇八年度分として四九〇五円を受け取った。地区によって交付金額は異なり、女川町などより原発に近いところでは倍の水準になるという。原発を受け入れるということは、それなりの見返りを受ける一方で、いつも事故を心配し、何かあればおしまいだと思っている住民も多いのだろう。その電力の恩恵に浴している都会の人たちが安全地帯から何を言っても、立地の人々には届かない気がした。

火災が連続発生

防災訓練からほどなくして、発電所を見学させてもらった。原発内に入る機会はそうないだろうと思ったからだ。ところが、二〇〇八年一〇月から一一月にかけて、三回も連続して火災が発生、さらに小さな労災事故も重なったことで、現場の取材やら、関係自治体の立ち入り調査などで、最初の見学を含めると五度も発電所内に入ることになった。

二度目の火災のときはこんな状況だった。一一月一三日午後二時すぎに、消防本部から私の携帯電話に火災発生のメールが入った。火災の発生場所は女川町の地番しか書いていないので、原発とは思わなかったが、緊急度の高い「第二出動」だったので、本部に電話して、火災の状況を尋ねたら、「原子力発電所の原子炉建内で延焼中、負傷者もあり」と言われたので、真っ青になった。

すぐに仙台総局に電話して、「現場に今から行くが、本格的な火災なら本社からヘリコプターを飛ばしてください」と頼み、発電所に向かった。道中、総局からの連絡でボヤ程度とわかり、負傷者も軽傷のようなので、ひと安心した。車中から、電力に現場の写真を撮りたいと申し込んだら、消防や警察の現場検証で、中に入れないということだったので、発電所の入り口に車を停めて、改めて電力に電話した。

「とりあえず消防車が停まっているところでもいいから、撮らせてほしい。事故の概要は本社が仙台で発表するので、仙台総局が書く。したがって私の仕事は現場の写真を撮ることが第一だ。写真がなければ、石巻に記者がいる意味がない。なんとかしてほしい」

そこで、「いまは無理」という電力側との電話での押し問答になった。最終的に、現場検証が終わった後で、現場を見せるというので、発電所の近くにある女川原子力PRセンターで待機、午後五時近くになって、やっと撮影できた。

震度三以上の地震が発生すると、どんな時間帯でも、一〇分以内に、東北電力から電話がかかってくる。深夜だと、申し訳なさそうな声で、「異常はありません」と報告してくれる。こちらもご苦労さまという気持ちだ。電話がかかってくると、いまの地震は震度三以上だったのかとわかる。広報体制が悪いというわけではないのだが、やはり火災のような突発事故となると対応が異なってしまうのだろう。電力側から火災発生の連絡が入ったのは、一時間以上も経ってからで、私は発電所に向かう車中で連絡を受けた。火災の原因は、定期点検中で稼働していない一号機の建屋で、溶接作業をしていた火花が空調機内のフィルターに引火したのだ。周りの作業員が消しとめた。

一一月二七日に起きた三回目の火災の時、私は東京にいた。やはり消防からの携帯メールで、まさかと思いながら消防に電話したら、一号機でまた火災というので、仙台総局に連絡して、取材できない旨を伝えた。二回目と同じように、溶接の火花が原因で、床の隙間から階下に落ちた火花が下のビニールテープを燃やしたもので、作業員が消火器で消した。このときは、被曝の可能性がより高い監視区域で、メディアは取材できなかったという。

労災事故は一二月六日、定期検査中の三号機の取水路内で、取水路に付着していた貝などの除去作業をしていた作業員二人が移動式の足場から転落してけがをした。事故の原因は、傾斜のある取水路内で、車輪の付いた作業台を動かすのに、作業員を上部に乗せたままだったので、バランスが崩れ作業台が倒れてしまったということだった。電力が現場を見せるというので、取水路の中に入った。いつもは海水で満たされた水路かと思うと、貴重な体験だと思ったが、取水口をふさいでいるコンクリートからチロチロと海水が漏れていて、臆病な私は、コンクリート壁が崩れたらどうなるのだろうと考えていた。

元請け、下請けの構造

それぞれの事故は、原子炉が壊れるようなものではなく、重大事故ではないのだが、背景には、元請け・下請けが連なる労働構造の中で、安全に対する意識が徹底していないことがあるのだろうと思った。だとすれば、周辺のこうした作業で起きることが、より核心部分で起こらないとも限らない、という不安が出てくるのは当然のことだろう。地元の不安を受けて、一二月二五日には、県、女川町、石巻市の三自治体が立ち入り調査に入った。この調査にも同行取材した。

二回目の火災現場付近も調査の対象になったので、普段の見学では入れない「作業着、手袋、作業靴、線量計」という場所に二度も入ることになった。線量計の数値は「ゼロ」だったが、これも貴重な体験というのだろう。

これからも原発関連の取材は多くなると思う。というのも東北電力は二〇〇八年一一月初め、三号機でプルサーマルを実施するための事前協議を県、女川町、石巻市に申し入れをしたからだ。火災の連続で、しばらく地元住民への説明などは難しいと思うが、プルトニウムとウラニウムを混合させたＭＯＸ燃料を燃やすことへの不安を持つ市民や市民団体は多く、さまざまな形での電力側との対話や対立が予想される。

プルサーマル計画の経済性

私自身は、プルサーマルが通常の原子力発電よりも危険かどうか判断するほどの知識を持っていないが、経済的にプラスだとは思っていない。使用済核燃料はそのまま処分場で保管するのが一番安上がりのはずだが、日本は広大な捨て場所を持つ米国やロシア、中国などとは違う。そこで再処理すれば高レベルの放射性廃棄物を三、四割低減できる、というのが電力会社の説明だ。そうかもしれないが、再処理にかかる膨大な費用、再処理に伴う中・低レベルの新たなゴミの処理とかを考慮したときに再処理が最善とは思えない。乱暴かもしれないが、核実験場を持つ国に有料で捨ててもらうことを考えたらどうだろうかと思っている。

プルサーマルは、高速増殖炉時代のためのつなぎという説明もある。高速増殖炉ができて、プルトニウムを燃やすようになれば、プルサーマルは必要ないが、それまでの間に産出されるプルトニウムを消化するには、プルサーマルが必要だという。しかし、高速増殖炉の実用化は当分、期待できない。だから、現時点で無理して再処理してプルトニウムをつくる必要はない。実用化の目途が立たない高速増殖炉の研究は、必要なら国家が行うべきで、民間の電力会社が関与すべきものとは言えないと私は思う。

これからエネルギー分野では、たとえば夜間の電力を貯めて昼間に使う蓄電技術が発展すれば、冷房をがんがんつける夏の昼間のピークにあわせた電力需要を、大幅に引き下げることができる。燃料電池の発展で家庭や企業での発電が可能になれば、原発のような大規模な発電設備を持った電力会社は過剰設備の構造不況業種になる。高度成長も終わり、これから身軽になることを考えなければならない電力会社に、国家が再処理やプルサーマルの費用を分担させるのは、電気料金を通じて国民に高負担を押し付けるだけだと思う。

「核燃サイクル」の擬制をラッキョウの皮むきのようにはいでいけば、おそらく国家としてプルトニウムを持っておきたいという「国家の本能」に行き着くと思う。非核三原則を国是とする日本は、この本能も抑圧すべきだと思うが、せめてプルトニウムだけでも持ちたいのなら、民間とは離れた国家研究の場所で持つべきだと思う。

私の主張していることは単純で、経済的に割に合わないものを、最終的には国民の負担になる電力会社に押し付けるな、ということだ。

とはいえ、原発を立地している地域としては、そんな机上の論理よりも、安全なのか危険なのか、はっきりしてほしいということだろう。記者としては、こうした住民の視点で、プルサーマル問題に取り組むしかない。

第五章

魚を食べる

魚市場に並ぶキチジ（2008.03 石巻魚市場で *photo by Megumi*）

1　春の巻

仙台総局長の渡辺宏幸さん（当時）から、「二県の企画募集」というメールを受け取ったのは、二〇〇八年二月中旬だった。「二県」というのは、二ページある地方版（宮城版）のひとつで第二県版と呼んでいる。そこで毎週連載していた企画が三月いっぱいで終わるので、その次の連載の企画案を求めるという内容だった。

よし、とばかり手を挙げたのが「話のさかな」という連載企画だった。魚の話をいろいろ勉強したあかつきには、主に三陸で獲れる魚について、連載コラムを書きたいと思っていたので、思わず手を挙げたのだが、内心では、石巻に着任したばかりで、早すぎるかなと思っていた。

ところが、総局長から内諾を得たので、もう後には引けなくなった。一人ではとても無理だと思ったので、気仙沼支局長の長田雅彦さんに相談すると、やってみようということになった。長田さんとは、八五年から八六年にかけて朝日新聞労働組合の執行部のメンバーとして、定年延長問題などに取り組んだ同志という縁もあり、綿密な打ち合わせなどする必要はなかった。

記事には写真かイラストがつきものなので、どちらにしようか考えていたら、妻が魚のイラストを描いた絵はがきのセットを手に入れてきた。東松島市の野蒜海岸駅の土産品店に置いてあったもので、作者の鈴木秀男という人は福島県在住らしいとのこと。渡辺さんに魚の絵はがきを見せたうえで、他県の人でもいいかと尋ねたら、「すてきな絵だし、他県でもかまわない」との返事だった。早速、調べてみたら、幸いなことに福島県ではなくて仙台市愛子に在住のグラフィックデザイナーだということがわかった。そこで、鈴木さんに会いに行き、こちらのほうの話もとんとん拍子に進んだ。

連載前に、もうひとつ準備したのが魚について助言していただけるアドバイザーだ。石巻魚市場社長の須能邦雄さん、宮城県内水面水産試験場長（当時）の佐々木良さん、石巻の鮮魚商「まるか」の佐々木正彦さんの三人だ。漁業は須能さん、魚そのものは佐々木良さん、料理や消費者の動向は佐々木正彦さん、というわけだ。

ナマコ

○八年四月二日付紙面から「話のさかな」という連載コラムが週一回のペースで始まった。初回はナマコ。もうナマコの漁期は終わりかけていたし、魚のコラムの最初が軟体動物では、迫力にかけるとも考えた。しかし、「本来おいしいのは赤ナマコだが、干して使う中国が黒ナマコを大量に買うので、このところ赤よりも黒が高い」という話を聞いて、ただのうんちく話ではなくニュース性のある情報を盛り込みたいと思っていたので、ナマコで始めることにした。

見出しも「ナマコの赤と黒のブルース」と気取ってみた。

赤と黒の価格逆転劇は、日本と中国との経済パワーの変化を反映している。「本当は私のほうがおいしいのに」「干したら私よ」。市場のすみから、今日も赤と黒のブルースが流れている。

これが最後のくだりである。初回は肩肘を張ったせいか、落ち着いてナマコを食べられなかったが、それでも石巻のナマコは、こりこりと歯ごたえがあって、東京で食べていたものとは鮮度が違うということがすぐわかった。気の毒だったのはわが妻で、取材で食べなければというので、鮮魚店から買ってきたナマコを自宅で、調理することになった。夏目漱石の『吾輩は猫である』の中に、ナマコを最初に食べた人の「胆力」には敬服すべきというくだりがあったが、初めてナマコをさばくのにも「胆力」が必要だったに違いない。珍味の「このわた」は、内臓とともに捨てられてしまったが、ともかく、塩をまぶして、ぶつ切りにして、酢につけてゆずを添えて立派なナマコ酢ができた。

中国料理では、たしかに黒いナマコが出てくる。陳舜臣著『美味方丈記』（中公文庫）を読むと、中国では上等のごちそうのことを、「参鮑翅」と表現するそうで、参はナマコ、鮑はア

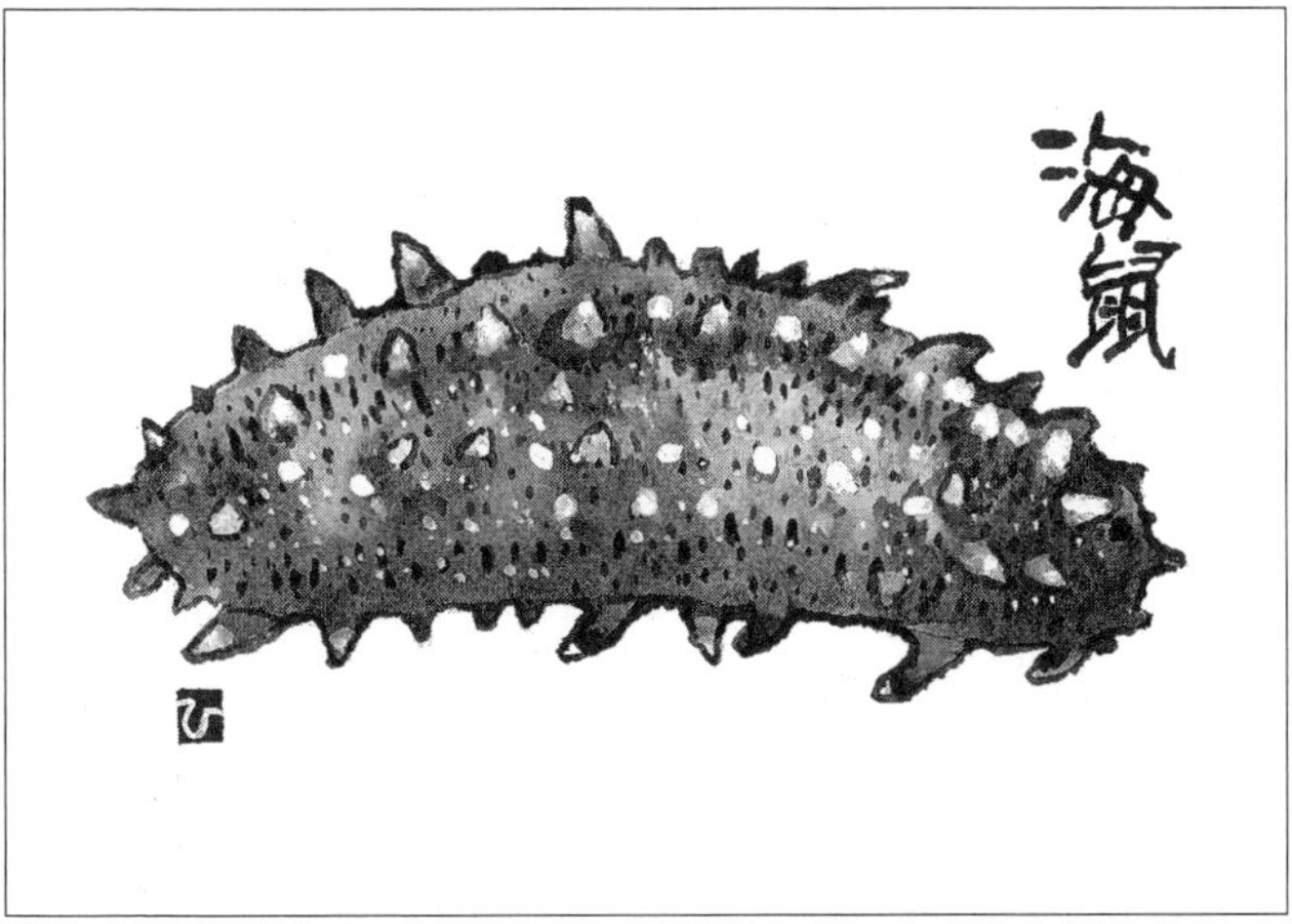

ワビ、翅はフカのヒレで、どれが欠けてもごちそうにはならないとある。『図説　魚と貝の事典』（柏書房）には、中国語ではナマコを「海参」と書き、陸の朝鮮人参に匹敵する薬用・滋養食品として珍重され、日本のいりこ（干しナマコ）は人気があったという。江戸時代には上記の「参鮑翅」は「俵物三品」と呼ばれ、日本から中国への主要輸出産品だったという。あのナマコがそんなにすごいものとは知らなかったとびっくりすると同時に、魚についてのうんちくは奥が深いと思った。それでは、ナマコは本当においしいのか。陳舜臣の上記の本では、こんな記述があった。

　ナマコが面倒なのは、もともと自分の味の少ない物ですから、どんなにでも料理ができることです。食通の人が料理店の優劣を判定するのに、よくナマコの料理を注文します。コックの個性が一ばんよく出るからです。

なるほど料理人次第というわけだ。ナマコには「黒ければ黒いほどおいしい」というナマコ伝説があるが、これは本当だろうか。日本と中国との文化比較に詳しい友人で法政大学教授の王敏さんに電話で尋ねると、即座にこんな答えが返ってきた。

「中国文化の底流のひとつは道教で、道教では奥深い黒を尊ぶので、黒ければ黒いほどおいしいというのは、道教の反映でしょう」

このコメントはコラムで使わしてもらった。

料理ジャーナリストの岸朝子さんにもナマコの話を聞いた。実は、岸さんは私の亡くなった従兄弟の夫人の母にあたる人で、以前から法事などでお会いしていたこともあり、遠縁という関係に甘えて取材したのだ。そのときに、「沖縄でもナマコを食べる」と言って、那覇の「めんそーれ」という料理店を紹介してくれた。しかし沖縄のナマコと言われると、本部町にある「沖縄美ら海水族館」を思い出した。ナマコを小さなビニールのプールに入れて、子どもたちに触らせているのだ。私も触ってみたが、ふわっとした柔らかさが印象的だった。「生きながらひとつに氷る海鼠かな」（芭蕉）という雰囲気とは、ずいぶん違うし、おいしいのだろうかと思っていた。

二〇〇八年一〇月末に沖縄金武町で開かれた「琉球紅茶」のシンポジウムに参加した折に、「めんそーれ」に寄り、ヤシガニ、セミエビなど岸さんお奨めの料理とともに、ナマコを試してみた。軟らかくておいしいが、あのぷりっとした歯ごたえはないものが出てきた。一晩、お茶に浸けておくそうで、本土でも茶で湯がいて身を柔らかくする「茶ぶりナマコ」という料理というか調理方法があり、その変形版ということだろうか。羊羹のような柔らかさは、沖縄風でおいしかった。

メロウド

「話のさかな」の二回目は「春告魚」のメロウド（イカナゴ）。メロウド漁の様子は第二章に書いたとおりで、そのときにお土産でいただいたメロウドについても、塩ゆでにして酢醤油で食べたところ、さっぱりとした味だったと記した。

ところが、地元の人たちは、塩ゆでもいいが一夜干しが一番だと口をそろえる。それも潮風で干すのが美味だそうで、牡鹿半島の北側の付け根にあたる女川町の先端にある出島が最高とのこと。これはまだ試していないので、来る春の課題だ。

メロウド漁のときに、獲ったものは冷凍されて、ヒラメなどの養殖のエサになると聞いていた。〇八年の大晦日に宮城県松島町にある「マリンピア松島水族館」を、千葉から遊びにきた長男の家族と見学したら、「ペンギンの餌付け体験」があり、飼育係からエサをもらった孫三人は、水中のペンギンに投げ与えて大喜びだった。飼育係にエサは何か尋ねたら、メロウドだった。そういえば、メロウド漁の漁師が「命がけで獲っても、松島水族館のエサですから」と笑っていたのを思い出した。あの話は本当だったのだ。

サクラマス

メロウドで春をかじった後に、春の味覚を堪能したのはサクラマスだった。第二章に書いたように、鮎川で定置網漁の船に乗ったときに、船頭が「持ってけ」と言って手渡してくれたのが、獲れたばかりのサクラマスだった。早速、「まるか」に駆け込んでさばいてもらい、その身をしょう油とみりんで一晩浸けたものを焼いて食べた。コラムに「芳醇」と書きながら、ワインでもあるまいしと思ったが、本当に甘い香りが口の中を漂ったのだから、これはやはり「芳醇」しかないと思った。その後、ムニエルにしたり、塩こしょうで焼いたり、どれも食べごたえがあった。

佐々木正彦さんによると、サクラマスと言えば、春のお祭りの「お葛かけ」だという。野菜の具をたっぷりと入れて、葛（または片栗粉）でとろみをつけた汁料理で、宮城県の郷土料理になっている。精進料理だから仏事にも出されるが、石巻あたりでは、お祝い事の定番料理だそうで、春の祭りにはこれにサクラマスのアラが入る。「これで、味の深みが増す」というのだ。

五月の第一日曜日、近くの羽黒山にある鳥屋《とや》神社の春期恒例祭に出かけ、「なおらい」に入れていただいたら、たしかに「お葛かけ」が出てきた。残念ながら出汁はサクラマスではなかったが、湯気が上る汁は春のぬくもりを感じさせるものだった。秋も深まった一一月下旬には、「お葛かけを楽しむ会」があった。翌月に予定していた「お葛かけコンテスト」の予行演習だった。季節柄、これもサクラマスではなかったが、そこに同席していた市会議員の阿部和芳さんが「子どものころは、お祭りでも誕生会でも、めでたいことがあるとおやつ代わりにお葛かけが出た」と語っていた。「誕生会にケーキは出ないの？」と、私が尋ねたら、「町の中と違って、育ったところは漁村だから、お葛かけがケーキの代わりで、これが一番のごちそうだと思っていた。都会の子どもとは違うの」と笑っていた。

クジラ

四月の中旬、近海での調査捕鯨で捕獲したミンククジラの「初水揚げ」が石巻市鮎川港であると連絡が入り、早速、取材に行った。近海の捕鯨船は小さく、甲板からはみ出しそうなクジラをクレーンで引き上げ、トラックに入れて五〇〇メートルほどの鯨類研究所の解体施設（第三章1の鮎川捕鯨の解体施設でもある）に運び込む。モリで撃たれた部分から出血があり、それが獣臭い臭いを漂わせる。クレーンで引き上げる「定番」の場面は翌日の県版の「絵とき」（写真中心の記事）になった。二日後に「まるか」に顔を出すと、「今年最初の生クジラ」として店に並んでいた。「初物」だから七五日寿命を延ばすために、食べながら東を向いて笑うしかない。ショウガ、ニンニクしょう油で、生肉の感触を味わう。薬味のせいか臭さはないので、「おいしい」と思うけれど、「これがないと春が来ない」と地元の人たちが言うほどの感動はない。生のクジラを食べる習慣がなかったからだろう。

石巻の人たちはクジラの生肉が好きだ。普通の鮮魚店にクジラの生肉が売られているのは全国でも石巻周辺ぐらいではないかと思う。いま、捕鯨が認められているのは、南極海や近海の「調査捕鯨」で、ミンククジラが大部分だ。近海では、このミンククジラとＩＷＣの規制外になっているツチクジラが主に捕獲されている。これ以外のクジラでも定置網にかかったものは、その処分は自由になっているそうで、全国どこで獲られても、宮城県に運ばれることが多いという。生で食べる習慣が残っているのは石巻周辺だけだから売れるのだそうだ。

「近海ものばかりがクジラじゃないよ」と、鯨肉の缶詰なども扱っている木の屋石巻水産の木村長努さんが料理店に持参したニタリクジラの「鹿の子」で、すき焼きを食べる機会があった。クジラの鹿の子は、下あごの付け根あたりの肉で、脂の白い部分と肉との混じり具合が

「霜降り」よりも「鹿の子模様」に近い。尾の身よりも歯ごたえもある感じで、大味の霜降り牛といったところか。

ミンククジラの「さえずり」(舌)は、「積極的な捕鯨論者」の友人が四月下旬に訪ねてきたときに、近海ものの生肉の刺身とともに食べた。ベーコンのような味わいで、同じ舌でも牛タンとは趣が違うと思った。

一一月中旬、佐々木さんが「すごいものが手に入った」と言うので、店に行くと、釧路沖で獲ったミンククジラの尾の身で、「この一〇年で最高の霜降り」と言う。一〇〇グラム三〇〇〇円という値段に恐れをなしたが、その夜に、論説時代に論説委員室でアルバイトをしていた学生がフリーターになっていて遊びに来るのを思い出して、「清水の舞台」の決意で一〇〇グラムだけ買った。若いクジラだったようで、臭みがまったくなく、まさに脂の乗りは霜降りで、口の中で甘くとろけた。

私たちの世代にとってクジラと言えば、給食で出たクジラの竜田揚げや缶詰の代表格だったクジラの大和煮、それに鯨油からつくった肝油を思い出す。一一月下旬、石巻市で開かれた「産学官交流シンポジウム」に参加した後の「打ち上げ」で、地元の魚に混じって石巻名物のクジラの竜田揚げが出た。口の中でかみしめているうちに、小学校の教室の思い出がよみがえってきた。周囲の同年配の人に竜田揚げの感想を求めると、「学校給食もこの味だった」「それにしてもスキムミルクはまずかった」「あれは米国が余剰農産物を売るための陰謀」「それで我々は栄養失調から免れた」……といった話が続く。

だから、クジラは日本の食文化だとは思わない。もちろん、宮城県鮎川、和歌山県太地、千葉県和田など、捕鯨を伝統としてきた地域に食文化として鯨食の文化があったことは認めるし、いまも存続している。しかし、日本が国民レベルでクジラを食べるようになったのは、せいぜい百年足らずだろうし、私たちの世代が共通の「クジラ文化」を語れるのは、戦後の食糧難を経て、動物性タンパク質をとるために、捕鯨を盛んにした時期の経験だけだろう。牛、豚、鶏肉が日々の食卓に載るようになり、鯨肉の存在は忘れられ、いまの若い世代にクジラ文化はない。だからこそ、鯨肉はノスタルジーを語る道具になっている。私たちの世代がいる限り、鯨肉を食べる文化は残るだろうし、尾の身や鹿の子のように高級食材として生き残るものもあるだろう。しかし、若い世代にこの「伝統」は続かないと思う。

一二月下旬、わが家で忘年会をした。魚市場の須能邦雄さん、「まるか」の佐々木正彦さん、木の屋の木村長努さんと隆之さんの兄弟らも来てくれた。木村長努夫人が「はりはり鍋」をつくってくれた。野菜を入れた鍋の中に鯨肉を入れるだけのシンプルな鍋で、関西ではやった料理だという。鯨肉はミンククジラとツチクジラで、どちらも片栗粉を付けて湯引きしてあった。鯨肉の肉汁を鍋の中に出さないようにする工夫だろうか。鯨肉のうまさと、野菜のさっぱりした味覚をうまく合わせた「はりはり鍋」だった。

アブラボウズ

四月下旬、佐々木さんが「アブラボウズを食べないか」と、声をかけてきた。当時、話題になっていた魚だったので、ふたつ返事で「食べます」となった。「地魚」（地元で獲れた魚）を食べさせる居酒屋として評判の石巻市内の「汐だまり」で、食することになった。

どんな話題だったかというと、「クエ偽装事件」だ。〇八年三月中旬、大阪と福岡の料理店が販売していた高級魚のクエの鍋物セットなどの中身が実はアブラボウズという名の別の魚だったため、日本農林規格（ＪＡＳ）法に基づいて、大阪府や福岡市が料理店を指導した。そのアブラボウズを取引、販売していたのが青森県八戸市や石巻の魚市場や水産業者だったという「事件」だ。石巻市も調査した結果、石巻魚市場では、アブラボウズをクエとして取引していたことが判明、市は魚市場などを厳重注意処分にした。

なぜ、こんな偽装事件が起きたかというと、三陸の魚市場では以前から標準和名でアブラボウズという魚をクエとして取引していた。それに目を付けた業者が、三陸では獲れないはずのクエを西日本のクエとして販売したのだ。標準和名と地方名とが異なるために起きた偽装事件ということになる。

クエもアブラボウズも成魚なら一メートルを超す大型魚だが、クエは赤っぽいし、アブラボウズは黒っぽい。分類もクエはハタ科で、アブラボウズはギンダラ科だ。それほど似ていないのだから、取引の過程でどこかに「偽装」という悪意が入っていたはずだが、皆が被害者だという不思議な事件だった。

標準和名と地方名について、私も勉強する機会になったが、魚の名前はずいぶんといい加減だということがわかった。アブラボウズを三陸ではクエと呼んでいたが、沖ネウという呼び方もあり、むしろこのほうが通りやすい。それではネウとは何か。ネウはアイナメの東北での地方名だから、沖ネウとは沖合で獲れるアイナメみたいな魚という意味だろう。

さらにややこしいのは、地方名で「アブラボウ」という魚もあり、この標準和名はアブラソコムツ。こちらは脂分が人間には合わないようで、食べ過ぎると下痢するというので、食用としての販売が禁止になっているのだ。一方、クエのほうも九州ではアラという言い方もあり、しかもアラという別の魚があるというわけで、まさに標準和名と地方名とが入り乱れて、善意の勘違いや悪意の偽装も混在しているのだ。

そこで、佐々木さんの登場となる。「このままじゃ、アブラボウズがかわいそうだ。本物のクエより安くて、それなりに、おいしい魚であるのを忘れてもらっては困る」というわけだ。

「汐だまり」の主人である佐藤修さんが出してきたのは、照り焼きと、西京漬けにして焼いたものだ。脂が十分に乗ったブリという感じだろうか。西京漬けは逸品だった。

佐々木さんはアブラボウズの在庫を持っているというので、「偽装事件で売れないのでは」と尋ねたら、「いや、ニュースになってから、これが話題のアブラボウズかということで、よく売れている」とのことだった。捨てる神あれば拾う神あり、である。

2　夏の巻

スズキ

初夏、スズキが定置網にかかるようになってきた。日本列島の沿岸に生息、夏になると内湾まで入り込み、エサを追って河川も上る。セイゴ↓フッコ↓スズキと成長するにつれて名前を変える「出生魚」で、初夏はフッコといったところだ。「話のさかな」の取材では、スズキを狙う釣りクラブ「石巻シーバスフリーク」の岩渕晴一さんについて牡鹿半島の釣り場を歩いた。ところが、少し時期が早かったようで、スズキはかからなかった。釣り人にとってスズキは、特別な存在だそうで、釣りクラブもスズキ・フリークの集まりだという。えら洗いといって、釣ったときに海面で体を激しく振るのがスズキの特徴で、鋭いえらで釣り糸が切れてしまうこともあるのだという。釣り人の闘争心をかきたてるものらしい。

釣りでは手に入らなかったので、食べるほうは、石巻市内の料理店「喜八櫓」に頼んだ。店主の小野寺光雄さんは、東京などで修業を積んだ本格派で、包丁さばきは見事だ。定置網にかかったものを「洗い」と「薄造り」にしてくれた。

スズキは「洗い」のほうが定番だそうで、包丁を逆目に入れた洗いの感触は舌触りが粗い感じで、存在感があった。順目に包丁を入れた薄造りのほうは、甘さがとろける感じだった。

初夏から夏、そして産卵期を控えた晩秋まで、ずいぶんスズキを食べた。焼き魚で食卓に出てくることが多かったが、料理の本を見ると、「幽庵《ゆうあん》焼き」「奉書焼き」など、やはり焼きで食べるものらしい。

「平家物語」では、若くまだ安芸守だった平清盛が海路で熊野に参拝するときに、船の中にスズキが飛び込んだ話が出てくる。お供から「これは熊野権現の御利益」と言われた清盛は、「吉事だ」と言って、調理して皆に配った。これが平家繁栄のきっかけだというのだ。若社長にゴマをする社員は昔からいたようだが、参拝途中なのに殺生をものともしないところが清盛らしい。船にスズキが飛び込んだのが平家繁栄のきっかけだとすれば、食べてしまったのは平家滅亡の種ではないか、と思ってしまった。こんなうんちくを語れるのも魚料理の楽しさだと思う。

トラフグとカワハギ

五月のある日、佐々木さんがトラフグを食べようと言い出したので、冬の魚なのに初夏も食べるのかと驚いた。三陸あたりでは夏にも獲れておいしいし、値段も冬場の半分だという。集合場所は「喜八櫓」だ。三陸沖で獲れたトラフグの活魚を水槽から取り出してすぐにしめたものと、しめてから丸一日置いたもの、さらにはカワハギの三種類を薄造りにしてもらった。

甘みがあったのは丸一日置いたもの、しめたばかりのものは押し戻ってくるような歯ごたえがした。カワハギはフグに比べれば魚の香りが強いように思ったが、これだけ単独で出されたら、フグと言われても気づかないのではないかと思った。

佐々木さんと喜八櫓の小野寺さんは以前、夏場の

トラフグを三陸の名物にできないか考えたという。冬場は関西や九州にまかせて、夏場の意外性と低価格で勝負できると踏んだのだ。しかし、積極的に売り出す前に、話はしぼんでしまったという。「名物にするほど漁獲は安定していない。それに安いといっても他の魚に比べれば高いフグを満喫しようと思えば、薄造りだけでなく、ちり鍋であらも食べ、最後は雑炊でスープも味合わなければならない。そうなると、冬でもないのに鍋料理かと敬遠されてしまう。知る人ぞ知るで、そっと食べるのが一番」というのが結論だった。

「話のさかな」で、トラフグを取り上げたら、「そっと食べていたのに、あの記事で値段が上がったら、どうしてくれる」と、何人もの知り合いから言われた。夏のトラフグは石巻の人たちにとって「密かな楽しみ」であったらしい。もっとも、この楽しみは

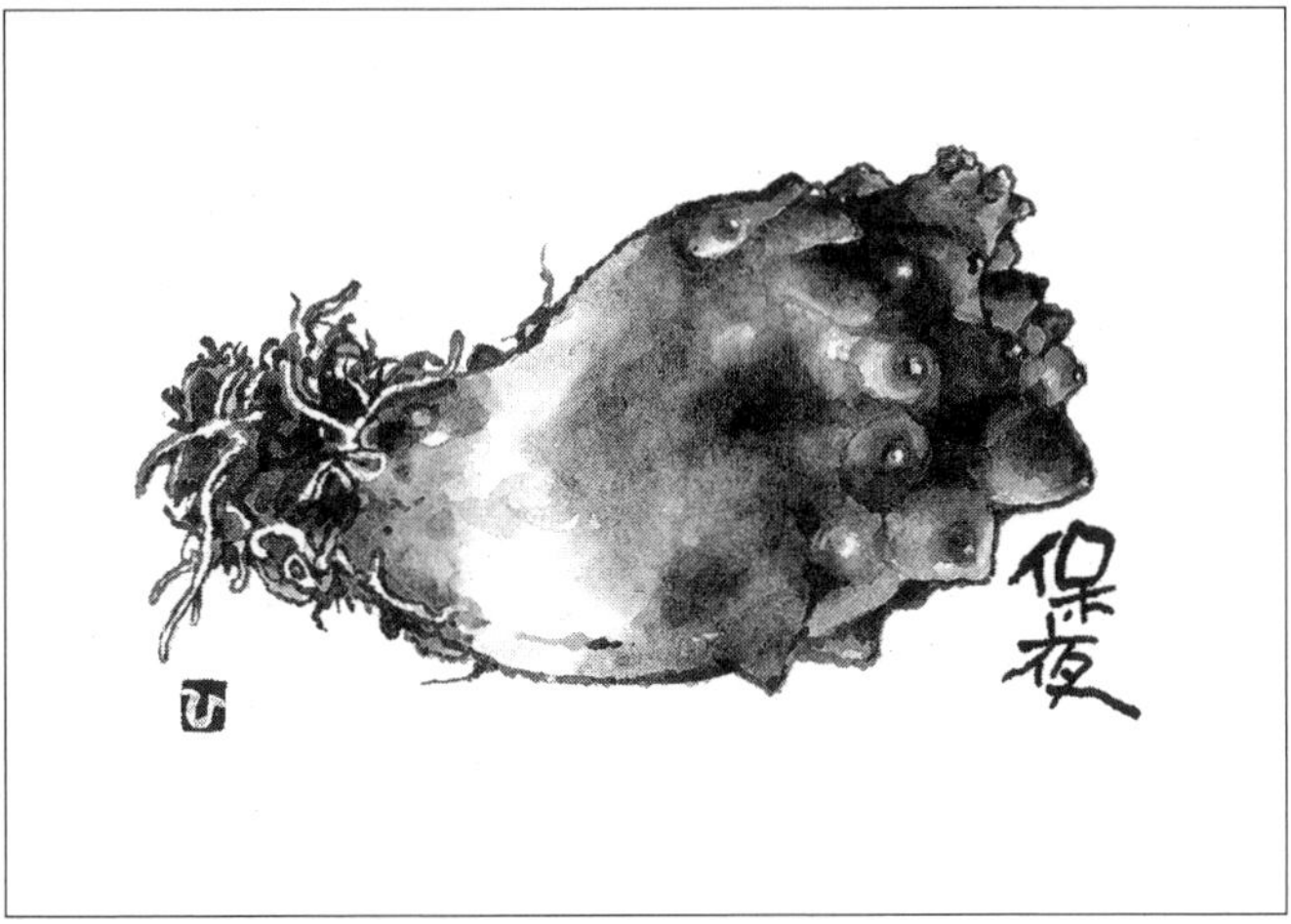

地元の人々だけではないようで、関西方面の水産業者が夏場、三陸の魚市場でトラフグを仕入れていくという。冬場になって冷凍したトラフグを解凍して「天然もの」で販売しているのだという。養殖ものを天然ものと売るわけではないので、偽装ではないが、夏と冬の相場の違いを考えると、差益はずいぶんあり、時間差を考えた業者にとっても密かな楽しみになっているようだ。

ホヤ

初夏の魚市場の一角で、ホヤが売られるようになり、秋口まで続いた。牡鹿半島などで養殖されているものだ。産地で食べるホヤは、東京で食べるホヤとは違う。ホヤに対する好き嫌いを分ける「臭み」が、鮮度が良いとほとんどないのだ。石巻で東京から来た、というと、地元の人が真っ先に聞くのは、ホヤを食べたかということ。「食べたし、おいしかった」と答えると、ちょっとがっかりされる。「臭くて食べられなかった」とでも答えれば、「そうだろう、あれがおいしくならないと、石巻では生きていかれないな」なんて、笑われるのはわかっている。その手は桑名の焼き蛤だ。しかし、本当に、さっぱりした味でおいしいのだ。酒もうまくなる。ホヤの味覚が口の中の食感を凍らせるようで、酒でも水でも、ホヤを食べた後に飲むと、やけに甘く感じるのだ。ホヤのことを「甘水」と言う話も聞いた。酒やら水やらを甘くするという意味らしい。まだ試していないが、ワインは絶対に合わないと思う。

夏も盛りになると、養殖ものばかりでなく、天然ものも出てくる。やや大きくて、ごつごつしている。味は濃い。「やっぱり天然ものは違う」と言う人も多いが、私はやはりホヤに慣れていないのか、養殖もので十分だと思った。「天然のホヤの良さがわかるようにならないと、石巻では生きていかれないな」と言われそうだ。

クロマグロ

「けさ揚がったメジを見に来ないか。初物だ。肉がついているし、えらいハンサムだ」と、佐々木さんがはずんだ声で電話してきた。六月初旬のことだ。三陸沖を黒潮に乗って北上するクロマグロ（本マグロ）が定置網にかかり、石巻の魚市場に揚がったのだ。早速、店に行くと、

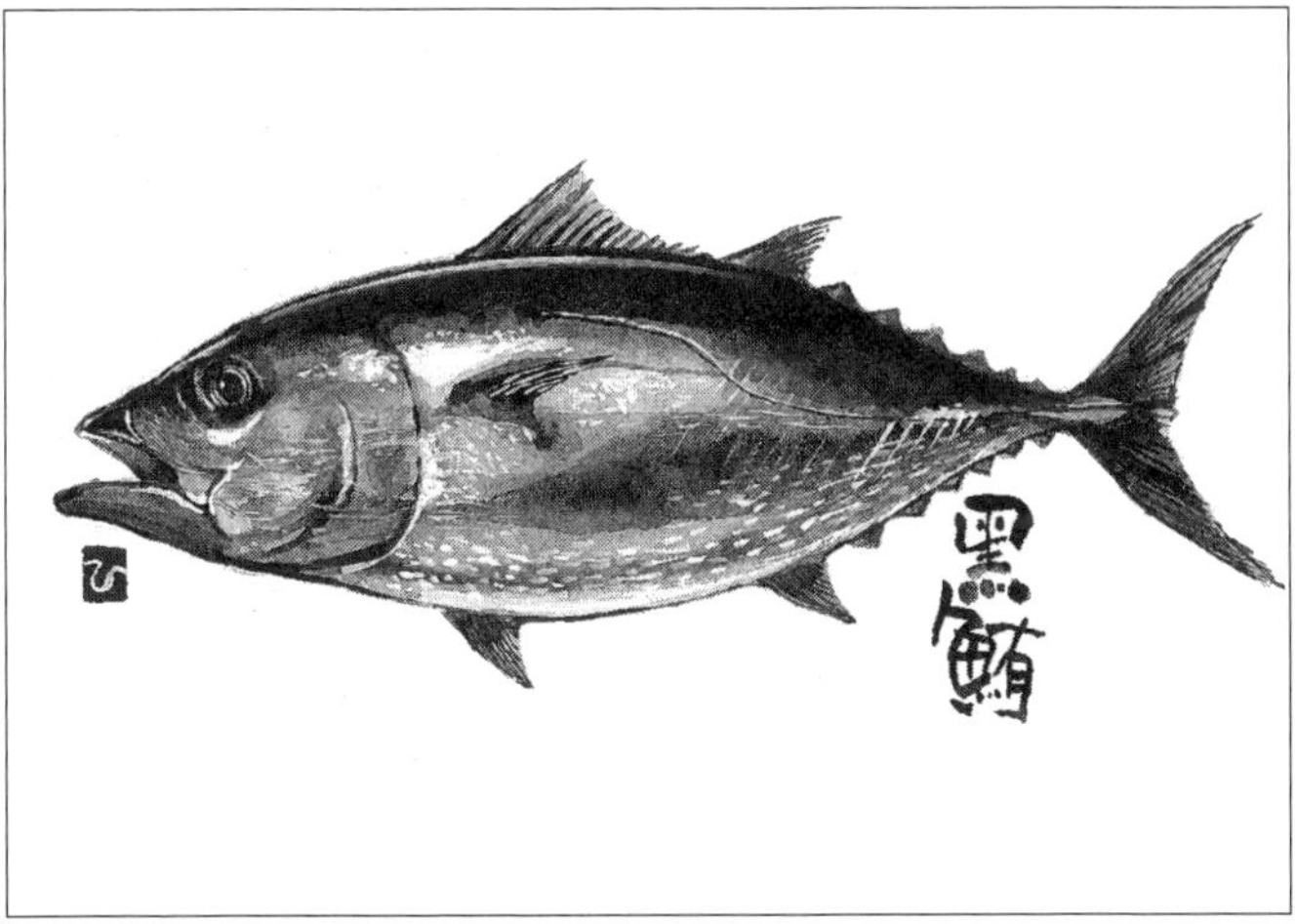

メジと呼ばれる若いマグロが置いてあった。ひと切れ買って帰ろうとしたら、「食べるのは、もう一日置いたほうがうまい」。おあずけをくった後、やっと手に入れたマグロの刺身のうまかったこと。なんといっても本マグロは魚の王様、舌の上で脂がとろけて、甘さがじわりしみ出して、鮮度の良い生のうまみと和して、腹へと落ちてゆく。

　かつて静岡支局で焼津担当だったころ、ずいぶんマグロを食べた。そのとき、高級マグロと呼ばれたのは、ミナミマグロだった。南半球の高緯度の海域で獲れるマグロで、冷凍されたものが焼津に揚がっていた。トロとはこういうものかと思って食べていたけれど、同じトロでも、生の本マグロは甘みが違うと思った。

アナゴ

六月中旬、そろそろアナゴ漁の季節だというので、東日本でも有数の出荷漁協である石巻市表浜漁協に属する須田賢一さんと一紀さんの親子船に乗せてもらった。四月にメロウド漁でお世話になった親子だ。午後三時にメロウド漁で乗った「第一一伊勢丸」で給分浜を出港した。まだ寒さの残っていたメロウド漁と違って、夏の海は快適だ。入り江を出てしばらく走らせたところで、「はもど」と呼ぶ、プラスチック製の筒を重しとともにロープに付けて海に投げ落としていく。全部で六〇〇本余り、ところどころに目印の旗を浮きに付けて置いていく。

昔は竹製だったという「ど」の中には、イカやセグロイワシなどのエサが入っていて、夜行性のアナゴは夜になると、エサの臭いにつられて、筒の中に入り込む。いったん入ってしまえば、戻れない構造になっているので、それを夜明け前に回収するのだ。獲ったアナゴは、そのまま出荷できるわけではない。海の中につくった生け簀の中に数日間入れて、エサを完全に消化させて初めて出荷する。

こうやって獲るのはマアナゴで、このあたりでは「ハモ」と呼ぶ。関西のハモとは違うのだが、アナゴよりもハモのほうが通りがよい。底曳きで獲るイラコアナゴという種類もあるのだが、こちらは「沖ハモ」と呼んで区別している。

捕獲する方法は理解したので、次は食べるしかない。めざすは「喜八櫓」だ。水槽にいつもアナゴを飼っていて、注文すると、その場でさばいてくれる。昼間の「穴子丼」は、この店の名物にもなっている。

主人の小野寺さんが包丁を握って、出してくれたのは、アナゴの白焼き、洗い、それに天ぷらだ。もともとウナギの代用品みたいな地位だったが、ウナギは養殖が主になったのに対してアナゴは天然ものだから、時期によっては、味も価格もアナゴとウナギの地位が逆転することもあるという。白焼きも天ぷらも、じわっとしみ出す甘みがなんとも言えない。洗いは特注だ。というのも、ウナギやアナゴの血液には弱い毒があるので、生では食べないのが基本になっているからだ。血を洗い流せば大丈夫というわけで、洗いにして食べた。意外に淡泊な味で、試した甲斐があった。

カツオ

六月一六日、石巻魚市場が「金華かつおシーズン到来宣言」をするというので、魚市場に行った。巻き網船によるカツオの水揚げは少し前から始まっていたのだが、漁獲量も増えたので、「シーズン到来宣言」ということになった。船から水揚げされたカツオはベルトコンベアに乗って、大きさによって分けられ、それぞれ入札にかけられる。五〇〇トンを超えるカツオの水揚げはさすがに壮観で、季節ものの「絵とき」として、宮城版にも掲載された。

このころから、どこで食べても刺身の盛り合わせの主役になるのはカツオだ。石巻では、刺身に付けるしょう油を入れる小皿は必ず二枚出てくる。ワサビ用とショウガ用で、後者で食べるのは、クジラ、イカ、そしてカツオということになる。

お江戸かな初鰹かなかけていく（江戸筏）。初鰹というと五月ごろのイメージで、初物が好きな江戸っ子には、とくに珍重されたようだが、三陸まで黒潮に乗って北上するのは時間がかかる。六月の初鰹では、俳句にもならないかもしれないが、やはり初夏という季節感を味わわせてくれるのはカツオということになる。

そして秋になって、北の海でサンマやイワシなどをたっぷり食べて南下する「戻り（下り）カツオ」となると、三陸はもうどこにも負けない。脂の乗った「トロカツオ」をほかよりも早

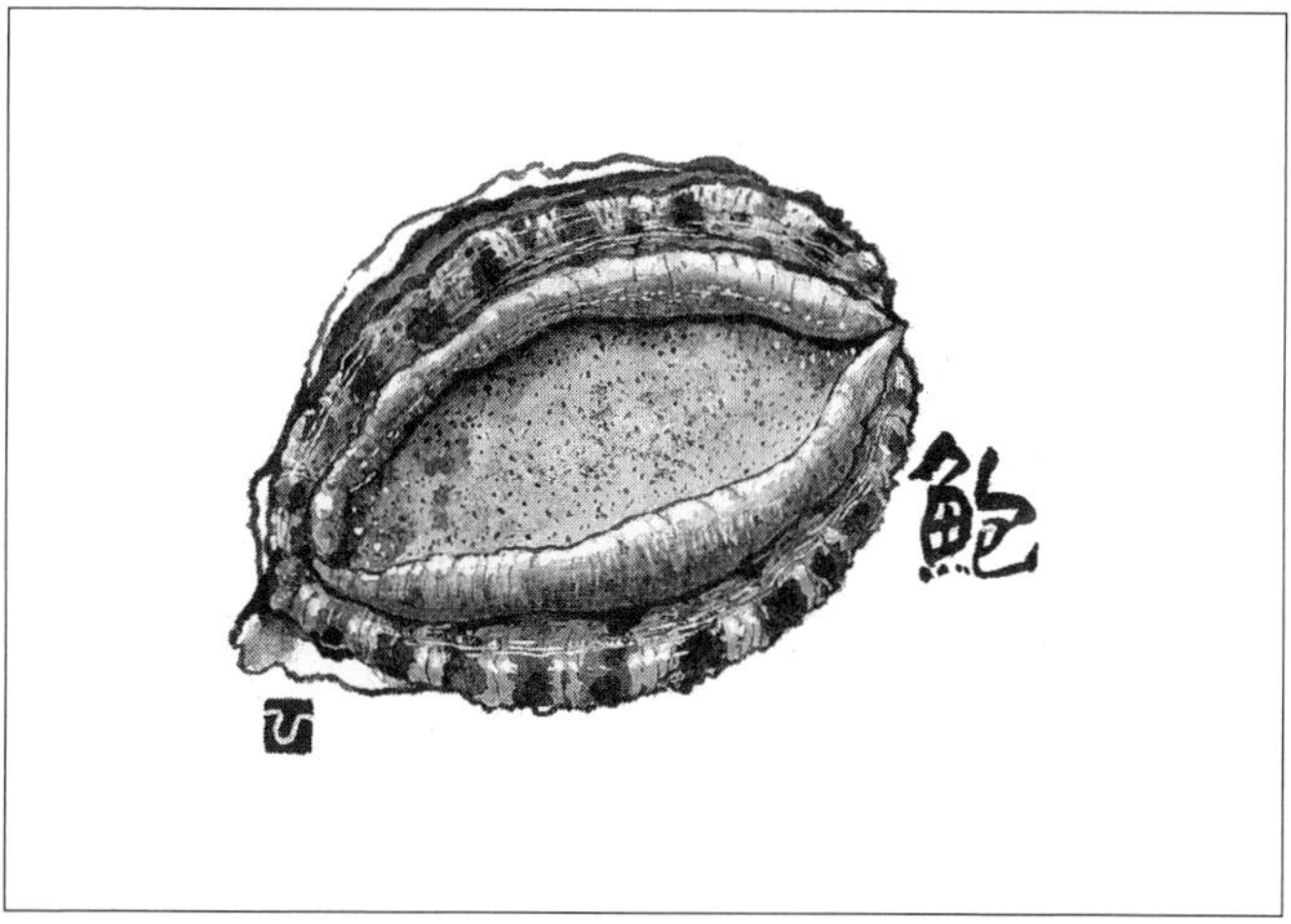

く食べられるということになる。これを口にするたびに「トロみたい」と叫んでは、「そんなこと言ったらカツオに失礼だ。うまいカツオは本マグロにも負けない」と言われてしまうことの繰り返しだ。

アワビとウニ

七月末、木の屋の木村長努さんからバーベキューに行こうと誘われて、牡鹿半島をドライブ、小さな浜で車を停めた。そこから目と鼻の先にある小さな島にボートで上陸した。もちろん無人島だ。そこで、流木を集めて火をおこす。何を焼くのかと思ったら、木村さんの親類の漁師、佐藤秋義さんが持参したアワビとウニだった。

アワビを焼き始めると、熱いせいかアワビが動き出す。「アワビの地獄焼き」と言うそうで、なるほど残酷な料理だ。焼けるのを待つ間、ほかのアワビを海の水で洗って食べた。しょう油の代わりが塩水というわけで、野趣あふれた食べ方だ。生はコリコリ、焼いたものは軟らかくなったところにうま味がしみ出してジワジワ。

ウニはアワビよりもずっと面倒だ。ナイフでウニの上部に穴をあけて、ハシで中の黒い部分を取り出さなければならないからだ。焼きウニができる間、これも生で食べる。スプーンで食べていたら、地元流の食べ方を教えてもらった。手でウニをこじあけながら、舌で身をすくい取るのだ。早速、挑戦してみたが、ウニのトゲが邪魔になって、舌が入らない。無理して入れようとすると、トゲがほほに刺さる。これを子どものころからやっていれば、舌が長くなってしまうのではないかと思い、佐藤さんの口元を見たが、とくに舌が長いわけではない。それならと気を取り直して試したが、やはりだめだった。香ばしい焼きウニも珍味で、缶ビールの量が増えた。

静かな無人島で透き通った海を見ながら、アワビとウニをつまみにビールを飲む。なんとぜいたくな休日だろうか、と思った。

マンボウ

八月のある日、石巻市内の大手スーパーの魚売り場で、イカの刺身かと思ったパックに「マンボウ」と書かれていたので、あのマンボウなのだろうか、と驚いた。早速、「まるか」に行

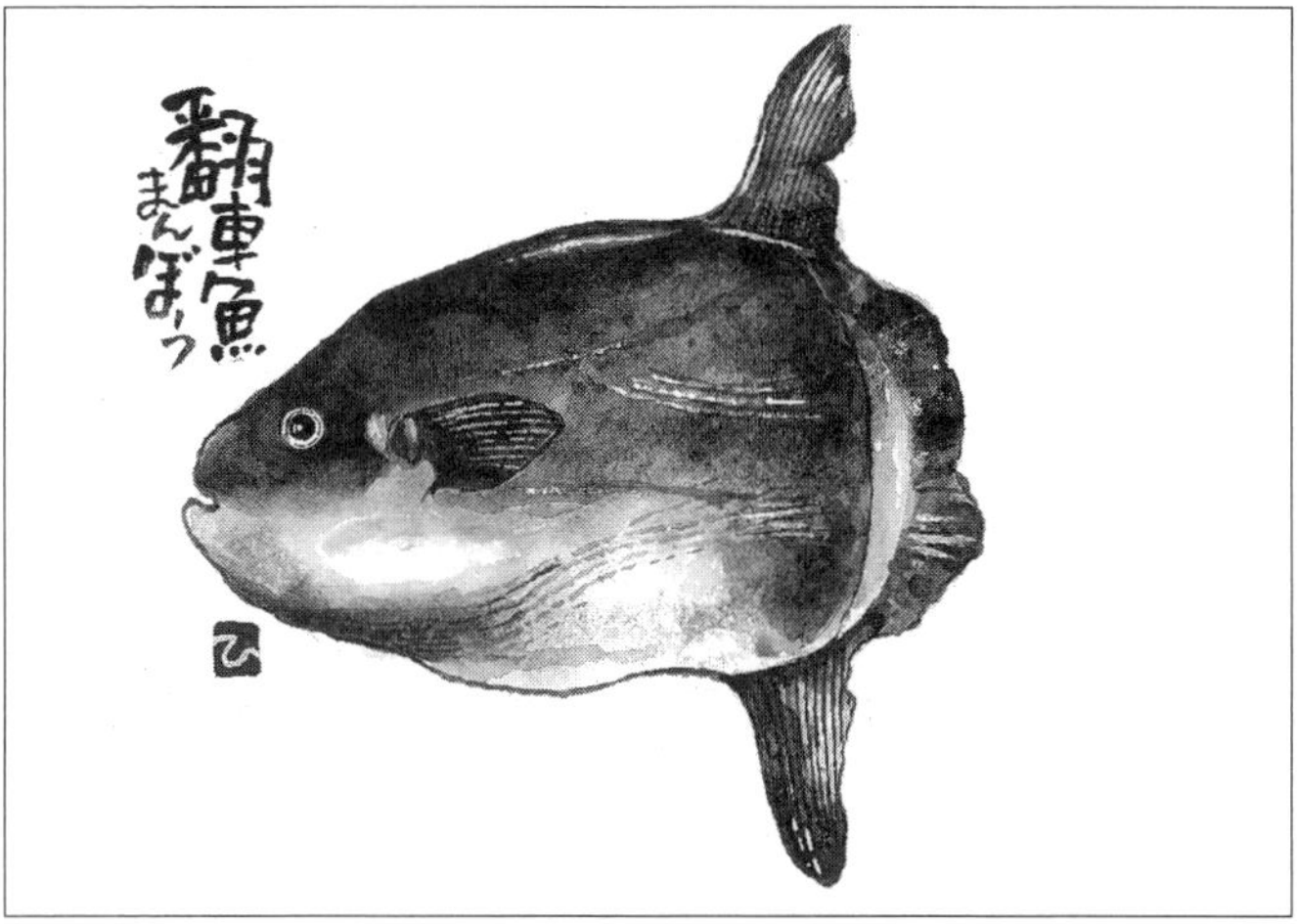

くと、「マンボウはマンボウ、うちでも売ってるよ」ということだった。真っ白い身の横にある黄色いものは肝で、ゆでたものに肝をあえて食べるのだという。それではと、「汐だまり」で、こわごわ食べてみた。水っぽいイカみたいだと思った。「氷の上に刺身にして載せて、酢みそで食べるのが一番」と言う人もいた。マンボウは、のんびりと海に浮かんで昼寝をしていると言われるが、あれは日なた干しで寄生虫を退治しているのだという。刺身派の人に、寄生虫がいるのではと尋ねたら、「あれをつまんで食べるのがおいしいという人もいる」とのこと。恐ろしい世界だ。

石巻駅前の寿司屋「富貴寿司」では、マンボウの腸を焼いたものをおつまみで出す。まさにホルモン焼きで、味も似ている。もともと定置網にかかったものの処理に困って、食べたのではないかという。

日本の漁村では、マンボウを食べるところもあるそうだが、町中の大きなスーパーで売っているのは石巻くらいではないだろうか。

「マリンピア松島水族館」に行って、展示しているマンボウを見てきた。この水族館はマンボウの飼育日数で何度も世界一になったことがあり、マンボウで有名なところだ。飼育係の青年、須賀京太さんの話を聞いたら、「魚体が大きいので、愛着を感じる」とのことだった。大きいだけではない。まぶたがあって、目をつむる動作をするので、それもまたかわいいのだ。こんなものを食べていいのだろうか。「話のさかな」にマンボウを取り上げたが、見出しは「食べちゃってごめんね」とした。

3　秋の巻

サンマ

八月下旬、女川魚市場に今シーズン初めてのサンマが揚がるというので取材に行った。北海道釧路沖で漁獲したサンマで、キロ五〇〇円の高値で競り落とされた。女川は本州最大のサンマ基地（二〇〇八年は千葉県銚子に抜かれた）だが、この時期の漁場は北海道沖だから、女川に運ぶには丸一日かかる。それだけ燃料代もかかるが、釧路などに揚げるよりも本州のほうが高いと船主は計算したのだろう。その思惑は当たったというわけだ。

翌日からは、石巻市内のスーパーや鮮魚店の店頭に「生サンマ」が並ぶようになった。魚体が大きくて太っているのが、やはり脂が乗っていておいしい。サンマの味はわかっているつもりだったが、水揚げ港に近く鮮度が良いせいだろう、「サンマって、こんなにおいしかったっけ」と思ってしまった。

このあたりの「名物」はサンマの刺身だ。どこで食べてもおいしいが、私が気に入ったのは女川魚市場の食堂で、刺身の量が多いうえ、焼いたサンマも付けてくれる。石巻市内の寿司屋も生のサンマを握ってくれるようになる。最初の感動はすぐに忘れてしまうようで、東京から来た友人と寿司を食べていたら、「サンマの寿司なんて初めてだ」と感激の声が上がって、そういえば、生のサンマは珍しいのだということに気づく有様だ。「もっと生サンマをセールスポイントにしなけりゃ」などと言っているのは、自分も含めて初めて食べた人ばかりで、慣れてくると、「そうだね」と相槌を打つ程度になってしまう。「初心忘るべからず」である。

一二月初旬、女川の水産会社「ヤマホン」から、サンマの丸干しを始めると連絡があったので、早速、「冬の風物詩」の写真を撮りに行った。紀州あたりでは、昔からあったようだが、女川で丸干しをつくっているのはヤマホンだけだそうだ。一二月になってから丸干しを始めるのは、寒風が丸干しに適しているからだという。それに、サンマ漁が一段落するのに伴って、出荷の作業も減ってきたため、丸干し作業に人手を割けるようになったこともある、と説明していた。

しばらくして、店頭に並んだところで買い求め、さっと火であぶって食べた。脂が多いせいか、イワシの丸干しなどよりも、魚のうまみが凝縮した味がした。紀州で獲れるサンマよりもずっと脂が乗っているので、生なら三陸だが、丸干しとなると、さっぱり系の紀州かこってり系の三陸か、好みの問題だろうと思った。

マイワシ

八月の末、牡鹿半島の小さな入り江、狐崎浜で漁をする今野実さんと政也さんの親子を取材した。これから旬を迎えるイワシ漁の話を聞くためだ。夕方出漁し、仙台湾の漁場で未明まで網を入れ、帰港するとすぐに獲れたイワシを箱詰めにして、早朝の石巻魚市場の競りに間に合うように出荷するのだという。春はイカナゴ、夏から秋はイワシ、冬はカキというのが今野家の漁業サイクルだという。

二九歳の若い漁師、政也さんを紹介してくれたのは、石巻の水産会社「三国商店」の三国知彦さんで、三国さんは私が最初に石巻魚市場に行ったときに、「ようこそ石巻へ」と声をかけてくれた人だ。私がネットのコラムで、石巻に赴任すると書いたのを読んだ三国さんの友人が

「魚に興味を持っている記者が石巻に来る」と伝えたらしい。

私にとっては、貴重な「石巻・若手人脈」ができたわけで、八月中旬にCS放送の朝日ニュースターの報道番組「山ちゃんのジャーナルしちゃうぞ！」のクルーが石巻ロケに来たときには、若い漁業関係者の話が聞きたいというので、この「三国人脈」で今野さんら若手を集めてもらった。この番組は、山ちゃんこと「南海キャンディーズ」の山里亮太さんが朝日新聞の記者と組んで、政治や経済、社会問題を報告するという仕掛けで、石巻に来たのは燃油高騰に揺れる漁業を取材するということで、相方の安井孝之編集委員らと訪れた。山里さんが石巻に入ったのは深夜だったが、若手が集まった「汐だまり」で楽しそうに懇談し、翌朝午前五時過ぎには石巻魚市場で、須能邦雄社長らの話を熱心に聞いていた。「お笑いタレント」だというが、将来は硬い話もできる「総合タレント」（そんな言葉はないか）をめざすのだろうか、とても真摯な態度に好感を持った。

話を戻すと、今野さん親子の小型流し網船「第七大洋丸」を狐崎浜で見送った翌朝、石巻魚市場で大洋丸のイワシを待っていたら、出荷されてこなかった。「同じイワシを狙う巻き網の連中と漁場が重なり、売るほどは獲れなかった」と後で聞いた。たしかに、この日は小型流し網の水揚げはゼロで、代わりに巻き網船が水揚げをしていた。一回の漁にかかる燃料代や氷代は五万円ほどになるはずなのに水揚げはなかったわけで、漁師は漁次第だとつくづく思った。

さて、イワシ料理となると、地魚の店「汐だまり」だろうか。主の佐藤修さんに言わせると、イワシは生でも、煮ても、焼いても、揚げても、蒸す以外は何でもおいしくできる「万能の魚」だ。早速、料理してもらったら、まずは昆布じめの刺身、次に海苔の上に梅肉を敷きそこにイワシの肉をのせて揚げた「紅梅揚げ」が出てきた。どちらも「青ざかな」の味を楽しませてくれた。

イワシといえば大衆魚の代表格で、八〇年代には年間四〇〇万トンを超え、庶民の食卓を飾っていたが、九〇年代になると激減、現在も年間一〇万トン以下で低迷している。海水温の変化などでエサとなるプランクトンが減ったためという自然的な要因を原因とする説が有力だが、巻き網などによる一網打尽の乱獲が原因と主張する研究者もいて、論争になっている。このごろは希少になったため魚価は高くなり、魚市場の「浜値」は、カツオを上回ることもある。それでも人気が衰えないのは、フライなどの「家庭の味」が忘れがたいからだろう。

一〇月下旬、第二章で書いたようにサンマ船に乗った。船を下りるときにお土産にサンマとともにマイワシをもらった。サンマと混獲されたもので、甲板に揚げた網から魚槽に移すときに、流れるサンマの中から混獲された魚をさっとどける。そのときのイワシだ。家に持ち帰って、刺身と蒲焼きにした。

イワシの蒲焼きは妻の得意料理（のひとつ）。これを食べると、子どもたちが小さかったころの話になる、何がきっかけか知らないが、亡くなった私の父と孫たちが蒲焼きの話になり、「おじいちゃん、ウナギでも蒲焼きはできるの？　うちのイワシの蒲焼きはおいしいんだよ」と言ったので、父がわが家族をウナギ屋に連れて行ってくれたのだ。ウナギもいいが、それほどこってりとしないイワシも悪くない。

イカ

九月中旬の早朝、牡鹿半島の突端に近い石巻市小渕浜に住むイカ釣りの漁師、石森和浩さんを訪ねた。スルメイカの水揚げが本格化する時期になったからだ。石森さんが操る「第一一新興丸」は金華山沖での操業を終えて帰宅したところだった。話は燃油高騰の影響に及ぶ。イカ釣船の漁火は美しいが、集魚灯は船のエンジンで得る電力を使うので、燃油高騰の影響を普通の漁船以上に受けるからだ。

「集魚灯の発電にも使うのでA重油が一晩の操業で約七万円もかかり、一年前よりも五割ほど高くなっている。これにイカを詰めるケースや氷代など含めると、コストは一〇万円を軽く超えてしまい、手元にほとんど残らない。こんなことになると、子どもを漁師にさせてよかったのか悩むこともある」と石森さんは嘆く。水産高校を出た長男を漁師の跡継ぎにしたばかりだったので、漁業環境の悪化が身にしみているようだ。

そんな話をしているうちに、石巻の魚市場にトラックでイカを出荷しに行った奥さんが帰ってきた。獲ったマイカを石森家では、どんなふうに料理するのか尋ねたら、刺身にして、みそと混ぜたコノワタを付けて食べるのが「最高」だという。ひと口お裾分けをいただこうと思ったら、「きょうは全部出荷してしまった」とのことだった。その代わりだといって、「ムラサキイカ」と呼ばれるアカイカをお土産にもらった。「肉が厚いので天ぷらがおいしい」と言われたので、自宅に帰るとすぐに天ぷらにした。確かに身が厚いので、サクサクと食べる感じで、おいしかった。魚事典には「スルメイカよりも肉質は落ちる」などと書かれているが失礼な！、新鮮なこともあるが、なかなかの味わいだった。

スルメイカは鮮魚店で仕入れて、糸造りや刺身で食べた。私は寿司屋でも、イカとタコを食べていれば満足する「イカタコ派」なので、冷凍輸入ものではない生イカや生タコが食べられるのはうれしい限りだ。料理屋で出てくる刺身の盛り合わせでも、地魚のスルメイカやミズダコは、ひっそりと置かれていることが多い。冬が旬のヤリイカやマダコよりも味が落ちると言われているせいなのか、宴席では私一人が独占して食べている。

一二月に入ると、ヤリイカの水揚げが増えてきた。刺身で食べると、何とも言えない甘みが広がる。石森さんが「冬場のヤリイカは最高だね」と言っていたのを思い出した。

ウナギ

九月のある夜、石巻市内の料理店「滝川」に、いそいそと出かけた。佐々木さんが天然ウナギと養殖ウナギの食べ比べをやろうと言い出したのだ。最初に出てきたのは白焼きで、こってりした味を想像していた天然ものは意外にもさっぱりとした味わいで、こってり感はむしろ養殖ものだった。「なるべく同じ大きさのウナギを用意するのに苦労した」と言う調理人の阿部司さんも「天然ものはさっぱりしている」と教えてくれた。次は蒲焼きで、天然ものはタレの強さに負けている感じで、養殖もののほうが蒲焼きという感じがした。天然ものが無条件でおいしいと思っていたので、わが味覚の物差しに疑問を抱いたが、「両者の判別はそれほど簡単ではない」と佐々木さんがなぐさめてくれた。

「やっぱり天然もの」「いや養殖ものも悪くない」といったウナギ論議は、やがて「昔は、このあたりでもよく獲れた」という思い出話になった。そういえば、わが家でバーベキューをやるときにお世話になる市内の杉山商店は、精肉とウナギの卸業を営んでいるが、もともとはこらの漁師が獲ってくるウナギを出荷していたと言う。いまでは、養殖ウナギを卸す仕事が主で、「輸出業が輸入業になった」と専務の杉山勇治さんが語っていたのを思い出した。入り組んだ内湾が多い三陸海岸の河川はウナギの産地だったようだ。

六月初め、気仙沼市唐桑でカキ養殖をしている畠山重篤さんが主導してきた「森は海の恋人」の集会に参加したときに、畠山さんが「もう二〇年も見たことのなかったウナギがここ数年見られるようになった。なんと今日も、大きなウナギが目の前を泳いでいるのを見ました。もう大丈夫だと、ウナギに祝辞を言われたような気分です」と報告していたことを思い出した。天然ものが幻などと言われることのない時代に早く戻ってほしいものだと思う。

サバ

秋の訪れとともに、石巻魚市場には、近海の巻き網漁や定置網漁で獲れたマサバが大量に水揚げされるようになった。暖流と寒流が混ざる金華山周辺は豊かな漁場ということで、魚市場は「金華サバ」として売り出している。

「話のさかな」でもサバを取り上げたのだが、私も妻もかつてサバにあたった経験があり、なかなかサバに手が出ないでいた。私の場合は、中学二年生の春で、父の転勤で東京から福岡に移ってすぐに、国立大学の附属中学の編入試験を受けたときに昼食に食べた「鯖寿司」にあたってしまったのだ。その直前にけがをして入院していたこともあり、体調も悪く学習もしていなかったので、試験は落ちるしサバにはあたるという羽目になり、サバというと、この思い出したくもない話が浮かんでくるのだ。料理屋でシメサバを出されればつまむが、自分から注文することはない、という魚だ。一方、妻のほうは静岡時代、臨月にサバにあたってしまい、医者からは薬を飲むなと言われ、苦しんだというこれも苦い思い出があり、料理で出てきても手を付けない魚だ。

一〇月の中旬、木の屋の木村長努さんから「サンマをミール用に買ったので見に来ないか」と声がかかった。ミール（魚粉）にするには、相当に安い値段でないと輸入品と勝負できない。ところが、魚市場が翌日から連休で、サンマ船の入港が女川に集中した結果、ミールでも見合う価格まで落ちたそうで、久しぶりにサンマをミールにすることにしたという。

ミール工場をじっくり見学して帰ろうとしたら、山積みされたサンマの横に、サバも積まれていた。「サバでも料理するか」という木村さんの誘いに乗ると、大きめのサバ四、五匹を山の中から取り出して、ビニール袋に入れると、工場から一〇分ほどの木村邸に向かった。家に着くと、木村夫人がさっとさばいて、これはシメサバ、これはフライ用にとお土産をつくってくれた。さらに冷蔵庫からシメサバを取り出して、夫婦で昼食もごちそうになった。夫婦でこわごわとシメサバを食べた。新鮮なサバをしめたせいか、青魚の臭みは少ないし、脂は乗っているし、ついつい箸が進んだ。夫婦ともあたらず、「あたるかどうかは鮮度の問題」ということで、長年のサバ問題は吹き飛んでしまった。しばらくわが家の食卓はシメサバやサバの塩焼きでにぎわった。

一二月下旬、東京からのお客を「喜八櫓」に案内した。魚料理のひとつで、親方がサバのしゃぶしゃぶをつくってくれた。「関サバ」と同じように、金華山あたりで根付きした「金華サバ」で、さっと湯に通したもの、しばらく湯の中を箸で泳がしたもの、湯に入れず刺身にしたもの、それぞれ味比べをした。さっと湯に通したしゃぶしゃぶが、甘みが強く私の好みだった。

カマス

一〇月中旬、三陸産というカマスの干物を買い求めて食べたら、身が厚く、口の中でふかふかとしたうまみが広がった。これは「話のさかな」だと思って、東京・築地で「千秋」という魚料理店の主である小川貢一さんに電話をかけた。

小川さんは『ビッグコミック』誌で連載されている『築地魚河岸三代目』のアドバイザーで、あの物語も小川さんの人生ドラマが基になっているようだ。「カマスの魅力は」と尋ねたら、「秋が旬の魚で、いよいよ脂が乗ってきましたね。マグロやカツオなどよりもさらっとした脂だから、とくに年配の人には好まれます」という答えだった。なるほど、やけにカマスの干物がおいしいと感じたのは、「さらっとした脂」がうまい年ごろになっていたのかと合点がいった。小川さんの店では、塩焼きが主だが、白身の淡泊な味わいを生かして吸い物にしたり、ふわっとした感触で天ぷらにしたりしているという。刺身にするときは、水分が多いので、昆布じめにするという。なかなか利用範囲の広い魚なのだ。

カマスという名前の由来を調べると、穀物や塩、石炭などを入れたわらむしろの「かます」からで、口が大きく開くところが「かます」と似ているというのだ。なるほど、たしかに受け口であれを開ければ大口になりそうだ。

魚市場を見ても、そうたくさん揚がっている魚ではないと思ったら、もともと西日本から南シナ海に広がる魚で、温暖化の影響なのか近年は東日本でも沿岸小型底曳き網や定置網で獲れるようになってきたという。

「カマスの焼き食い一升飯」という言葉があるそうで、カマスを焼けば一升のご飯も平らげるという意味だとか。干物のおいしさに驚いたのは、私だけではなかったようだ。

サワラ

魚市場の定置網のコーナーでいつ見ても気になるのがサワラだ。「鰆」は魚偏に春と書くくらいだから、春のイメージが強いのだが、いつ見てもサワラはある。もともとサワラは北海道南部から東シナ海にかけて分布する暖海系の魚で、産卵期の初夏には内海に移動するため、瀬戸内海では初夏が漁期だという。それで春の魚というイメージが強いのだろう。春先から黒潮に乗って北上し、秋から冬にかけて南下するときに三陸海岸に近づく。だから、三陸では脂が乗るいまごろが旬だそうで、「寒ザワラ」という言葉もある。

刺身、照り焼き、塩焼き、幽庵《ゆうあん》焼き、みそ漬け、西京漬け、煮付け、酒蒸し、ムニエル……。まさに万能選手だが、このあたりでは、もともとなじみの少ない魚だったせいか、刺身としての評価もいまいちだ。わが家でも焼き魚で食べる。サバ科の魚だが、サバほど青魚の臭みが少ないし、上品な味だと思う。西日本では刺身として珍重するせいか、この魚への評価は「西高東低」だという。とくに岡山県では、刺身のほか「ばらずし」（ちらしずし）に欠かせない食材として重宝され、最近では「岡山の魚」としてサワラ料理を積極的に売り出しているという。

魚市場の須能さんが面白い話を教えてくれた。岡山市の水産会社「岡山県水」の仕入れ担当者が最近、石巻魚市場を訪ねてきて「サワラをもっと大事に扱ってほしい」と訴えたというのだ。早速、岡山県水に取材してみると、「東北の市場を回ると、競りにかけるのにサワラを放り投げたりしているのでがっかりした。身割れしやすい魚だから、これでは刺身にならない。瀬戸内と漁期がずれるため、東北産をもっと使いたい。扱いがよくなれば、市場での評価ももっと高まるはずだ」とのことだった。

須能さんは「東北で扱いが雑になるのは、水揚げが少なく、刺身になじみがないからだ」と解説する。なるほどと納得したのだが、「まるか」の佐々木さんは、石巻の漁師の間には「サワラの刺身で、皿なめろ」という言葉があると教えてくれた。サワラはおいしいので皿に残った脂までなめるという意味だという。「だから、三陸の漁師たちは、刺身のうまさをちゃんと知っていた」と言う。それならと刺身に挑戦してみた。皿までなめる気にはならなかったが、脂の乗りは十分で満足した。

4　冬の巻

カキ

宮城県はカキの産地だと実感したのは、着任間もない〇八年二月の初め、北上川の河口、石巻市尾の先にある民宿「のんびり村」を訪ねたときだ。ここを経営する坂下清子さんが農林水産省選定の「農林漁家民宿おかあさん一〇〇選」に選ばれたというので、取材に出かけたのだ。

北上川が流れ込む追波湾で漁をする夫の健さんと二人三脚で一五年続けた民宿の営みが評価された。夫妻の話を聞いているときに茶請けで出てきたのが小鉢に入った生ガキで、二〇個ほど入っていただろうか。カメラマンとして付いてきた妻は、「お茶請けがカキ」にすっかり感激してしまった。山形育ちの妻にとって、菓子以外の茶請けは漬け物だから、盛りだくさんの生ガキに驚いたというわけだ。「北上川が運ぶ山の栄養で育った」というカキは、たしかに濃厚な味がした。カキは「海のミルク」と言うそうだが、「海のコンデンスミルク」という感じだった。

それから八カ月後の一〇月一四日、二〇〇八年のカキの出荷が始まった。当日は石巻市渡波の共同カキ処理場に取材に出かけた。カキを処理するおばさんもおばあさんも、皆化粧をして真っ赤な口紅でカキむきの作業をしている。テレビも新聞も取材する場所は例年同じだから、取材される側も用意周到ということだろう。私の記事は社会面の「青鉛筆」というコラムに載った。「カキむきで殻をこじ開けるのは大変だが、消費者の財布のひもも同じ」と書いた。

宮城県は広島県に次ぐカキの産地で、産地は松島から石巻、牡鹿、雄勝、南三陸、気仙沼に至る地域に広がっている。どこに行っても「おらほのカキが一番うまい」と言う。昔、静岡支局で「お茶」という連載記事の取材をしていたときに、川根沿いの茶農家を訪ねると、どこも「おれのお茶が日本一」と自慢するので、「天狗の村」だと書いたことを思い出す。

カキというと、日本が本場だと思うが、世界のカキの生産量は約四五〇万トンで、日本はそのうちの五％程度にすぎない。海外もカキは生で食べるようで、魚介類を生で食べる習慣がない欧米でも、カキだけは例外らしい。米国に住んでいたときも、シーフードのレストランには、オイスターが前菜のメニューにあった。面白かったのは、パシフィック、オリンピア、フレンチなどいろいろな種類のカキに混じって、クマモトという名前のものがあったことだ。おそらく日本の熊本と関係があるのだと思っていたが、「話のさかな」でカキを取り上げたときに調

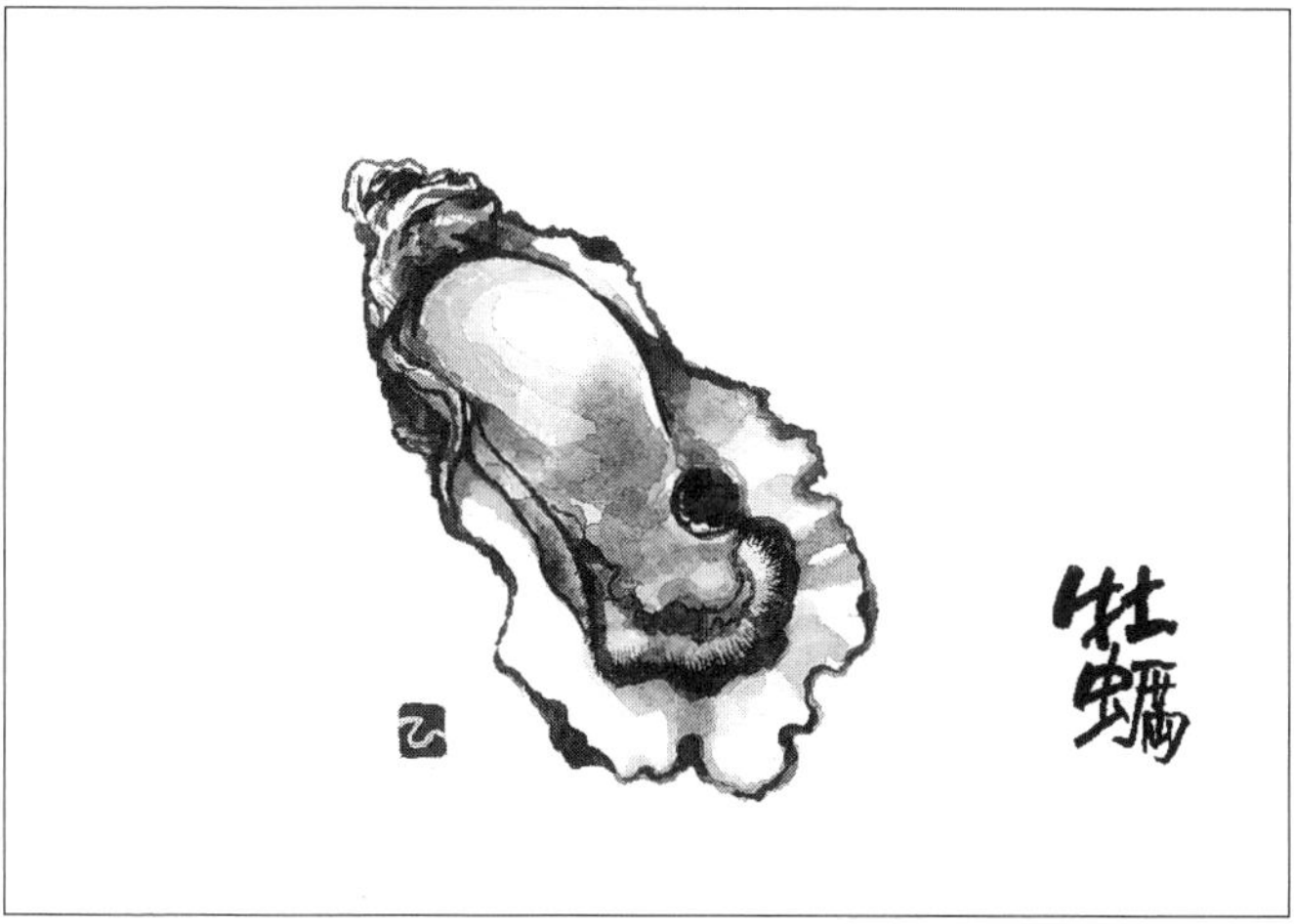

べていたら、その由来がわかった。

　世界のカキ生産に占める日本の比率は少ないのだが、世界で食用として消費されるカキのほとんどはマガキで、その原種は日本から輸出されたものだ。その種ガキの輸出に貢献したのが沖縄出身の宮城新昌（一八八四〜一九六七）で岸朝子さんの実父だ。宮城は、明治末期に米国に渡り、西海岸でカキの養殖を研究した後、大正時代に日本に戻り、日本政府の依頼で米国向けのカキ輸出の研究を始める。そこで開発された方式が現在のカキ養殖の基本になっているいかだから種ガキをロープでつるす垂下式養殖法であり、その研究の地となったのが石巻市万石浦だった。

　昭和初期から宮城県の種ガキの輸出は始まり、パシフィック・オイスターの名前で世界に広まった。戦後も米国向けの種ガキの輸出が盛んだったが、宮城産だけでは需要に追いつかなかったため、熊本の不知火海からも種ガキを輸出した。それが米国西海岸で養殖されるようになり、その名もクマモトとなった。

最近、東京や大阪に出現しているワインで生ガキを食べさせるオイスターバーのメニューを見ると、欧州産のヨーロッパヒラガキ、米国産のオリンピア、豪州産のオーストラリアガキなどと並んで米国産のクマモトがある。逆輸入するくらいなら本家の熊本から入手すればと思ったのだが、いまは生産されていないようで、熊本県の水産研究センターで〇五年からクマモトの復活をめざした研究が始まっているという。

それなら、世界のカキを養殖しているところはないのか捜してみたら、宮城県気仙沼市唐桑町の水山養殖場が、数年前から世界で人気のあるカキの種を手に入れて養殖に取り組んでいることがわかった。「森は海の恋人」運動の畠山重篤氏が家族で経営している養殖場だ。「ある程度大きくなるのですが、まだ出荷できるところまで達していません」と妻の寿子さんは語っている。先見の明があるところは、やはり研究にも熱心なのだろう。世界のカキを手に入れたが、クマモトはまだだと言っていた。

一一月中旬、気仙沼の歌人、熊谷龍子さんのお宅におじゃまするときに、水山養殖場でカキを手に入れて、熊谷さんの家で食べた。さすがに森の栄養をふんだんに得たカキはふくよかで、甘い香りがした。これなら、いろいろな種類の唐桑産カキが出てくるのも時間の問題だと思った。

殻付きのカキを手に入れると、自宅でオイスターバーの気分を味わえる。難点は殻をあけるのが難しいことで、軍手と小刀が必要だ。わが家では殻付きをオーブンで焼く。しばらくすると、貝が開くので、そこで取り出して手でこじあける。石巻市の本田水産が販売しているのは、タグ付きのカキで、タグを強く引くと、貝柱の部分が切れて殻があく仕組みだ。フランスのアイデアとか、道具なしに生ガキが楽しめた。

タラ

一一月初め、石巻の魚市場をのぞいたら、水揚げされるマダラの数が増えていた。底曳き、刺し網、延縄で獲るのだが、「釣り」と表示された延縄のものが鮮度も良く魚価も高い。発泡スチロールの箱を開けてみると、悠然としたマダラが鎮座している。あごひげがあるせいか、まさに威風堂々とした姿でいるのだ。ほかの魚のように獲られたというくやしさを目ににじませていないところが大物風で、顔つきも「釣られてやった」という納得顔でいるところがすごい。

冬が旬なのは、産卵期の前で脂が乗るからで、そのうえオスは白子、メスは真子《まこ》が発達しておいしくなる。とくに菊子とも呼ばれる白子は、酢の物でも吸い物でもおいしい。とろけるような、という形容詞は白子のためにある。この白子があるため、市場ではオスのマダラがメスの倍の値で取引される。「魚でオスが高いのはタラとフグぐらいだ」と、市場の人たちはなぜからうれしそうに言う。「オレたちも見習いたい」といった言葉がその後に付いてくる。

さて、食材となると、タラほど世界中で使われている魚はない。味の濃い魚ではないから、いろいろな味付けを楽しめるからだろう。東北の郷土料理を見ても、青森のじゃっぱ汁は内臓や塩、山形県庄内地方のどんがら汁はみそが強力な助っ人で、タラの味を引き立てている。

「汐だまり」でタラ料理を注文すると、まず昆布締めの刺身が出てきた。煮たときとは違って歯ごたえがある。タラの身に浸みたほのかな昆布の香りが口の中に広がった。昆布はさりげない助っ人だった。次に出てきたのは天ぷら。今度は口の中で一瞬にして溶ける感じ。天つゆというベテランの助っ人のおかげで、体が温まった。

石巻市内にある「宝来寿司」という寿司屋で、東京から来た友人と「おまかせ」を頼んだら、軍艦巻きにした白子が出てきた。さっと口の中でとろける。臭みがないのは鮮度が良いうえに、レモンがしぼってあるからだろう。

タラは大食漢で、魚でもカニでもイソギンチャクでも何でも食べる。「鱈腹《たらふく》」という言葉は、タラがたくさん食べて腹を膨らませる様子からだという。タラ料理をいろいろ味わうと、こちらのほうもついつい「たらふく」になるまで食べてしまう。

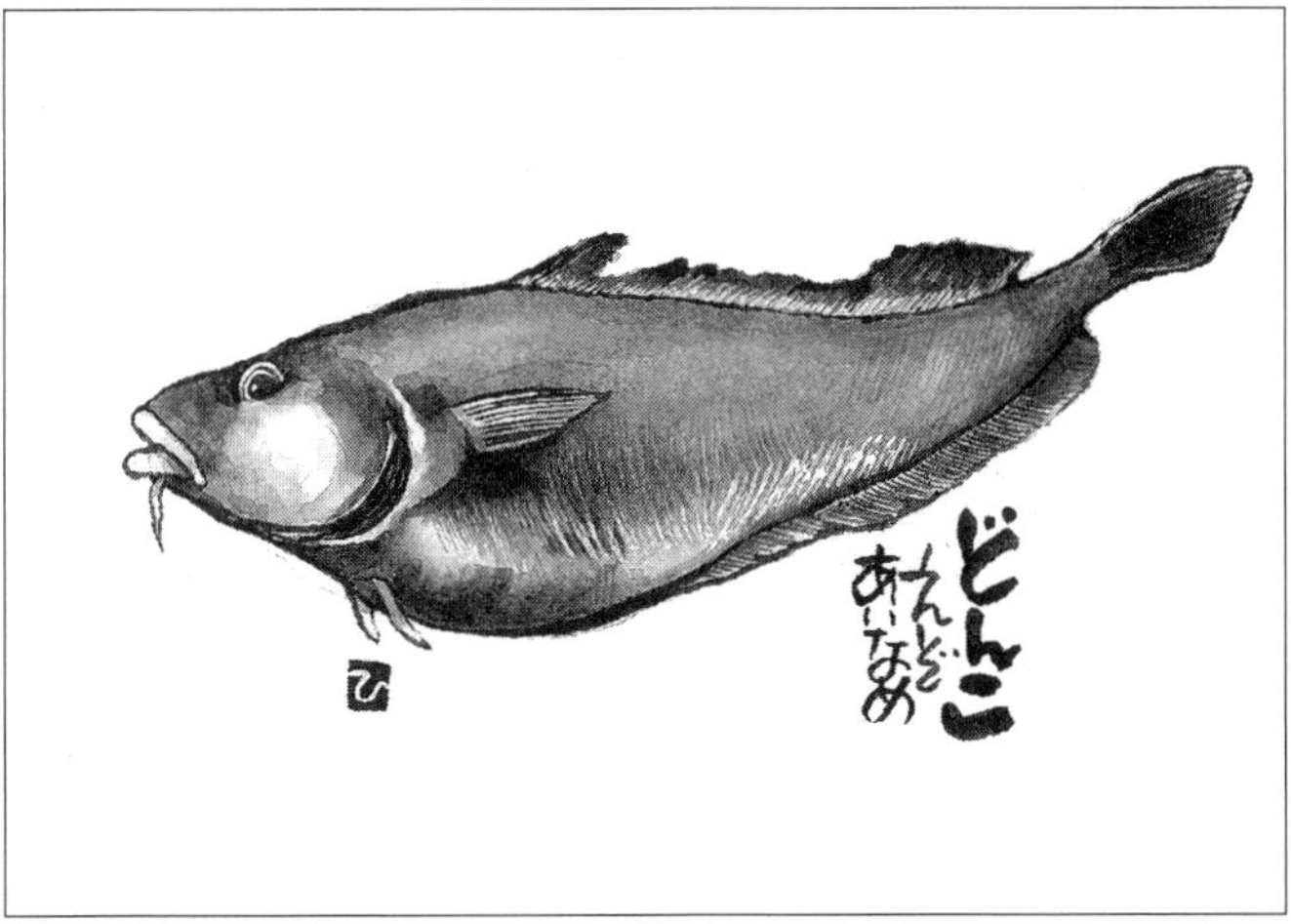

どんこ

冬の郷土料理というと、タラよりも「どんこ」だ。エゾイソアイナメというのが標準和名だが、東北では地方名のどんこのほうが通りがよい。カタカナで表記したいのだが、ドンコと書くと、西日本に多いハゼ科の淡水魚になってしまうし、東北ではひらがなで書くことが多い。

下あごにひげが一本あり、ハゼでもアイナメではなく、タラの仲間であることを示している。魚市場でも、マダラの横にふた回りほど小さい濃褐色のどんこが仲良く並んでいる。延縄や底曳き漁で揚がるためだ。タラと同じように底曳きよりも鮮度の良い延縄の値が高い。見た目が黒々として、ぬめりが光っているのが延縄で獲れたものだ。タラと比べると値段は半値以下だ。

引き揚げられるときに、水圧の変化で膨らんだ浮袋が口からあふれ出ているのも多いため、見た目はグロテスクな感じなのだが、鍋料理の「どんこ汁」となると味は格別だ。腹をさいて内臓をどけた後、ぶつ切りにして鍋に入れ、大根やニンジン、豆腐、それに肝とともに煮る。味付けはみそ仕立てだ。タラよりも魚っぽい味がする。このあたりでどんこが好まれるのは、タラはあっさりしすぎていると思われているからだろう。刺身の白身の魚よりも青魚が好まれるのと同じだ。

「喜八櫓」に行ったら、おろした身にみそや肝、ネギを入れて、粘りが出るまで包丁で細かくたたいた「なめろう」にしてくれた。さらりとした味覚で、一緒に食べた人たちは、「これがどんこ？」と首をひねっていた。

食べるばかりではない。気仙沼では、旧暦一〇月二〇日（〇八年は一一月一七日）のえびす講にお供えとして使う。お供えというとおめでたいタイが定番なので、どんこはこの時期には獲れにくいタイの代用品かと思ったが、がま口のような大きな口とぷっくりした腹をしていることから「財布魚」と言われ、縁起物とされてきたためだという。見た目だけでグロテスクなどと判断してはいけないということだろう。

ナメタガレイ

年末になると、ババガレイの値段が上がってくる。北海道・東北ではナメタガレイの地方名で通っている。旬でおいしくなるためだけではない。宮城県では、大晦日に食べる「お年（歳）取り魚」は子持ちのナメタガレイなので、大晦日にかけて価格も急上昇するのだ。賢い主婦は、一二月に入り、ナメタが安い日を見つけると、さっさと買って煮付けにして冷凍室にしまっておく。そして、大晦日におもむろに出してくるのだという。なるほど、こういう主婦がいなければ、大晦日だけに需要が集中してしまう。

わが家も、とても一匹は買えないので切り身を手に入れて、平穏な年越しを祈りながら煮付けにして何度か食べた。煮ても身がしっかりしているので、食べごたえがある。縁がわのところがおいしいのだが、骨をどけながら、しゃぶるように食べるのが面倒で、あらかたの縁がわを残してしまう。「これでは、魚がかわいそう」と妻があきれるほど、皿は食べ残しだらけになってしまう。

そこで考えた。どうも世の中には、煮魚派と焼き魚派の二種類の人間がいるようだ。もちろん魚によりけりだというのが正しい答えだが、それでも煮ても焼いても食べる魚はたくさんある。私は焼き魚派で、さくさくとした身をついばむのが好きで、どろっとした煮魚をしゃぶるのは苦手だ。ナメタガレイの皿がきたないのは私が焼き魚派であるためだ。

前日の夕食の残った煮魚が翌日になると、煮こごりができていて、その冷えた煮こごりを熱いご飯にのせて食べたときのあのうまさといったらない、などと煮魚派の妻は言う。しかし、私に言わせれば、煮魚は汁に味を付けることで味をごまかしている。焼き魚はその魚そのものの味で勝負する、ということになる。

ところで、魚市場に並んだカレイやヒラメを見ながら、どれがカレイかヒラメなのかまるで区別がつかない。「左ヒラメ、右カレイ」だから、目のある黒っぽいほうの側を表にして、腹のほうを手前にして目が左にあればヒラメ、右にあればカレイということだが、どちらが腹だかよくわからないうえ、この法則にあてはまらないものも多いという。ましてカレイの中で、どれがババガレイかなどと言われても、見当もつかない。ヒラメよりもカレイのほうの種類が多いようで、イシガレイ、マガレイ、マコガレイ、ヤナギムシガレイ、ババガレイ、メイタガレイなどが市場に並んでいる。これらの姿と味の違いを見分けるのは「上級コース」のようだ。

キチジ

○九年一月、気仙沼支局長の長田雅彦さんが石巻港に揚がるキチジを取材するというので、私も同行させてもらった。みぞれ混りの夜、沖合底曳き船の上で水揚げ作業を見ながら話を聞いたが、港でこの寒さなのだから、海上での作業はもっと厳しいのだろうと思った。獲れたキチジはわずかで、これなら高級魚なのも当然だと思った。

北海道から三陸にかけてよく獲れるキチジは日本海では獲れないという。最近は乱獲がたたって漁獲量も減少傾向にあり、魚体も小さくなってきている。冬の魚市場で赤黄色の魚色は、モノトーンが多い魚の中で、ひときわ目立つ。黄色がかった血の色から「黄血魚」がキチジの語源だそうで、これが標準和名だが、キンキやキンキンの呼び名のほうが通りがいいかもしれない。煮魚にするのが一般的で、保存するならかす漬けがおいしいという。せっかく産地にいるのだから、刺身はないのかというと、やはりあった。バーナーであぶって表面を柔らかくしたうえで、氷水につけて、刺身にする。そうすると皮と身の間にある、一番おいし脂分を残したままの刺身が味わえると、「まるか」の佐々木さんは言う。早速、「汐だまり」でつくってもらった。なるほど、甘みとうまみが浸みてきて、煮魚では味わえない味覚を楽しめた。しかし、脂が多くこってりとしているので、一切れか二切れで十分という感じ。焼き魚にもしてもらったが、ここでもこってり感が残る。やはりキチジは煮物が一番だと思った。

魚市場で気になるのは小さなキチジが箱詰めにされていることで、底曳きに入ってしまったものは利用するしかないのだろうが、もう少し大きくなるのを待てないのだろうかと思う。値段もずっと高くなるのだが、外部から規制しないと、漁師はがまんできないようだ。

小さなキチジにも利用価値があるので、それなりの値段が付くのも影響しているかもしれない。小さいものは、すり身にして、かまぼこなどに使うのだ。宮城名物の笹蒲の中には、女川町の「高政」のようにキンキの笹蒲と銘打ったものもあり、東京の友人に送ると、珍しさもあってとても喜ばれる。

ハゼ

昔、東京湾でハゼ釣りを何度がしたことがある。大きな魚ではないし、見た目も美しくはないし、針をはずすために握った感触もぬめりがあって気持ちの良いものではない。しかし、釣った後で食べる天ぷらの味はすばらしかった記憶がある。ハゼ釣りの人気は、獲った後の天ぷらにあると思う。

しかし、所変われば食べ方も変わる。宮城では、ハゼと言えば正月の雑煮に使う焼きハゼとなる。出汁にした後、具の上にのせて出すのだそうで、「焼きハゼがないと正月にならない」と地元の人たちは言う。故郷を離れて東京などに移り住んだ人たちも、親類に頼んでこの焼きハゼを送ってもらうのだという。

それならと、〇八年の暮れの早朝、北上川が太平洋に流れ出る追波湾の水をたたえる長面湾で獲れたハゼを使って焼きハゼをつくっている漁師を訪ねた。榊照子さんという漁師一家のお母さんで、夕方刺した網から夜明けに揚げたハゼを自宅の作業場にあるいろりで焼いていた。ハゼの口から竹串を刺して、いろりの周りに竹串を刺して、こんがりと焼く。焼き終わったら、竹串から抜いてわらで結んで干す。かつて県内の漁村では、多くのいろり端で見られた風景だそうだが、いまはハゼも減り、囲炉裏も姿を消したことで、長面や松島町などでわずかしか残っていないという。ところが、雑煮の出汁は焼きハゼと決めている人たちが多いので、正月が近づくと、焼きハゼの人気は高まり、十数本をわらで結んだ焼きハゼが二千円を超える値段で売られるようになる。

私が買い求めた焼きハゼは榊家特製で、しばらくわが台所につるされていたが、正月になって、石巻風の雑煮を教わった妻が出汁に使った。雑煮は、大根、人参、椎茸などの野菜に塩鮭などの魚も入れて、最後におわんからはみ出るように焼きハゼを入れ、イクラのトッピングを載せてできあがりだ。

出汁は、「さっぱりと上品な味」と聞いていたが、思ったよりは魚臭く、子どものころからこの味になじんでいないと、雑煮にはどうしてもという「焼きハゼ党」にはならないと思った。「お葛かけコンテスト」でも、出汁に焼きハゼを使っている人がいて、なつかしい味だと好評だった。黙って出されてもわかるだけの独特の香りがあるということだろう。

それにしても、雑煮の実だくさんにも驚いた。私が育った家の雑煮は、鶏ガラのスープで、中身は鶏肉とほうれん草と餅ぐらい。最後にミツバとなるとを載せてできあがりだ。関東風なのだろうか。考えてみれば、雑煮というぐらいだから、野菜でも魚でも、何でも入れるのが正統ということか。石巻風はホヤもタコも入れるという。

「ハゼは焼きハゼにするだけですか」と、榊さんに尋ねたら、「普段は天ぷらにします。やはりあれが一番おいしいです」とのことだった。今度は、長面のハゼの天ぷらを試すことにしよう。

第六章

その土地を愛せ

海岸で遊ぶ子どもたち（2008.06 石巻市給分浜で *photo by Megumi*）

初任地の足立公一郎支局長からいろんなことを教わった中に、「その土地を愛せ」という言葉があった。新聞記者とくに朝日の記者は、批判精神が旺盛だと言われるが、支局長が伝えたかったのは、その土地で批判精神を発揮するのは結構だが、根底に愛情を持てということだったのだろう。

山形の分校に三六年後に再訪

初任地の山形では、サツ回りが長かったのと在任期間が短かったせいか、とても土地を愛するほどの取材はできなかった。それでも、土地を愛するという意味で思い出に残ることがないわけではない。

入社して二年目の秋、山形県朝日町大沼にある大谷小学校大沼分校を訪ねた。地方版で当時「小さな目」という子どもたちの詩を載せるコラムがあり、そこを読んでいたときに、出稼ぎの「おとう」がもうじき帰ってくるという喜びを書いた詩があり、その子どもに会いたくなったのだ。分校は、当時一六人の児童がいて、小林信、たにの夫婦二人が教員として子どもたちを教えていた。めざす児童の担任はたに先生で、子どもの話を聞いたり、学校の様子を聞いたりして支局に戻った。早速、原稿を書いたのだが、農閑期の出稼ぎがこれから始まるという時期に、出稼ぎの父が帰ってくる春の詩を中心にしようとしたので、うまくまとまらなかった。そのとき、たに先生が持たせてくれた子どもたちの文集は、これから出稼ぎに行く父親のことを書いたものだったので、それも原稿に入れたところ、支局長は、詩のほうは捨てて、この文集だけを記事にしろ、と指示した。

詩の話を書きたかったという思いもあったが、当時は支局長よりも偉い人はいないと思っていたので、文集を中心に、出稼ぎの父を案ずる分校の子どもたちのことを書いた。支局長が相当に書き直して出稿した記事が「家庭面」に掲載された。おそらく社会面への出稿を求めたが、断られたのだろう。

その、「出かせぎなんかなくなれ」という見出しの記事（一九七二年一一月二〇日付）をスクラップブックから読むたびに、その中に紹介されている子どもたちの作文に、涙が出てしまう。

いつも、おかあさんは、おとうさんが出かせぎに行く時は、心配して「からだにきいつけでな」と言います。家のあたりを、一カ月ほど前にかたずけたら、おとうさんに出そうとしたおかあさんと、ぼくの手紙が出てきました。ちょっと読んでみたら、おかあさんのには「うわきしてもいいですから、からだにだけは気をつけてください」と書かっていました。ぼくのも読んでみたら「みやげいっぱい買ってきて」などと書かっていたので、はずかしくなりました。おかあさんがどうして手紙を出さなかったかというと、ほんとうに、うわきなどされると、こまるからだと思いました。

これは四年生の子どもの作文だ。

あれから三六年後の二〇〇八年八月、この分校が廃校になるというので、山形県寒河江市で合唱の指導を続けてきた小林たに先生が分校でお別れコンサートを開くことになった。私たち夫婦もコンサートを聴きに行った。石巻から約三時間のドライブで、分校への山道は昔と違って舗装され、木造だった校舎も立派な建物になっていた。しかし、学校が近づくにつれて、そうそう、この道をたどったのだと当時のことを思い出した。

このコンサートには、地元紙を含め、いろいろなメディアが取材に来ていた。若い記者たちもいた。日々の紙面を見れば、世界も日本も激動している。早く、そういう場面で記事を書きたいと考えているのだろうと思う。「訓練」としての地方勤務なら、「本社」でのＯＪＴ（オン・ザ・ジョブ・トレーニング）のほうが効率的だと思う。しかし、米国でも多くの記者は地方紙の記者から（あるいはその前に新聞社のコピーボーイや無給のトレイニーから）スタートして、次第に大きな新聞社に応募して、たとえば花形記者のひとつである「ホワイトハウス詰め記者」（ワシントン・コレスポンデント）になる。できるだけ背伸びをして、地方にいても日本や世界を見てほしい、と同時に、足元の人々の営みを大事にしてほしいと思う。大沼分校のさよならコンサートを伝えた翌日の地方版を読みながら、そんなことを思った。

それにしても、明治の人々は偉かったと思う。山形の山奥の分校の開校は一八七四年（明治七年）だという。私が通った東京の町中にある「青南小学校」が数年前に開校一〇〇年を祝っていたから、それよりも古い。教育にはカネを惜しまないという気概があれば、現在、猛烈な勢いで進む地方の小中学校の統廃合も違った姿になっているはずだ。

ところで、小林たに先生は、小学生の合唱コンクールなどで毎年のように東京に来ていたので、何度か会いに行ったことがあった。それでも昔話はしなかったので、今回、あの記事が出てどんな反響があったのか、おそるおそる尋ねてみた。たに先生によると、記事が出た後、全国の読者から分校に古着やお金が送られてきたそうだ。そうそう、記事の中にはこんなくだりもあった。


夏休みになると子どもたちの体重が減る。給食がなくなるからだ。いまの子どもたちが着ているセーターは知人や親類からもらった古着が多い。上級生は着られなくなった服を下級生に譲る。暖房はいろりだけ。ストーブはあっても温室栽培用だ。

父母に先生が「古着のほしい人は取りに来て」と言ったところ、ほとんどの父母が古着をもらいに来たそうだ。子どもたちがその古着を着て学校に来たら、皆おしゃれな洋服ばかりだったので、「服だけ見ると、東京のお坊ちゃんとお嬢ちゃんだ」と、皆で大笑いになったという。古着なんて送られてきて困ったのではないですか、と尋ねたら、「貧しい時代だったから、皆喜びました」と語っていた。

静岡の「お茶」と「琉球紅茶」

山形支局の後は静岡支局で、焼津担当としてマグロの話を書いたことはすでに記したが、「マグロ記者」だけではなく「お茶記者」でもあった。静岡版に「お茶」というほぼ一〇〇回にわたる連載記事を書いたからだ。お茶の生産農家から流通業者、さらには消費者の嗜好まで幅広く取材した。

そんな縁で、二〇〇八年一〇月末に沖縄県金武町で開かれた「琉球紅茶」についてのシンポジウムにパネリストとして参加した。

幕末・明治の開国以来、外貨を求めた日本は生糸や茶の輸出に力を入れた。緑茶の需要は中東などにはあったが、欧米の需要は紅茶だと気づいた日本は紅茶の輸出振興をはかり、一八七七年（明治一〇年）ごろから紅茶の本格的な輸出が始まり、しばらくして国内でも販売するようになった。品種改良も進み、ベニホマレやベニフウキなどの紅茶品種もできた。戦後も、紅茶の生産と輸出は続き一九六〇年代には生産のピークを迎えたが、七一年に紅茶の輸入が自由化されたことで、競争力は急速に衰え、瞬く間に日本中の茶園から紅茶は消えてしまった。しかし、国産紅茶への需要は、無農薬のお茶を求める人たちなどからよみがえり、静岡や鹿児島など日本の茶産地では、国産紅茶がつくられている。近年は、ベニフウキやベニホマレに多く含まれるカテキン類にアレルギー抑制効果があるということで、緑茶としても需要が出てきている。

国産紅茶には、こんな背景がある。スリランカで茶園を経営した経験のある福岡出身の内田智子さんが沖縄の赤い土を見て、スリランカの土とそっくりで、気候的にも世界的な紅茶の産地であるインド・アッサムと近いと判断した。そこで、沖縄県うるま市に「沖縄ティーファクトリー」という会社を興し、二〇〇〇年から「琉球紅茶」のブランドで製造販売を始めた。その茶園になったのが金武町で、鹿児島県枕崎市にある農研機構野菜茶業研究所にあったベニホマレなどの純粋種を取りよせ、〇七年から試験栽培を始めた。生産の見通しもたったことから町おこしとして紅茶の生産に取り組むことになり、シンポジウムを開催したのだった。

シンポジウムには、内田さんのほか、マーケティングコンサルタントの三宅曜子さん、野菜茶業研究所の根角厚司・枕崎茶業研究拠点長、中小企業庁の岸本吉生さんらがパネリストとして参加した。岸本さんは、「森は海の恋人」のシンポジウム（第四章4参照）の司会者で、「面白いところでまた一緒になりましたね」とお互い笑ってしまった。岸本さんが出席していたのは、琉球紅茶が中小企業庁の「ＪＡＰＡＮブランド育成事業」のひとつになっていたからだ。

私が話したのは、日本人が日本茶を飲まなくなってきたのは、コーヒー、紅茶、中国茶といった新しい飲みものがブームになったりしたからではなく、農薬と肥料に頼って、味覚や香りよりも生産に重点を置いた茶生産のあり方が間違っていたからだということ。そして、琉球紅茶を飲んだときに、これは従来の国産紅茶よりも香りにこだわっていて魅力があるので、安全・安心とおいしさを組み合わせて、沖縄の紅茶を発展させてほしいと話した。

「国産紅茶」をいろいろなところで飲んだが、正直に言って、味よりも安全性が重視されている感じで、それはそれでいいのだが、嗜好品としての紅茶とは違うという思いがあった。「琉球紅茶」を紹介してくれたのは、泡盛の老舗「金武酒造」の豊川あさみさんで、「国産紅茶は難しいよ」と言った私に、「だまされたと思って飲んでみて」と送ってくれたのだった。豊川さんは、沖縄の産品による経済振興をいつも考えている「無料コーディネーター」で、金武町と琉球紅茶を結びつけた人でもある。届いた紅茶をだまされたつもりで飲んでみたら、なんとおいしかった。アッサム系のどっしりとした味覚をベースに、のどから頭の先に突き抜けていく柔らかい香りがあった。ベニホマレをベースに、インドかスリランカのダージリン系の茶葉をブレンドしたものだと思った。

「これだけのブレンド技術があれば、琉球紅茶は成功すると思う」と、豊川さんには感想を言った。その後、内田さんと話をする機会があったので、ブレンドの中身を聞いたところ、だいたい私の想像していたとおりだった。

前橋時代の「民家を描く」と井田淳一さんの思い出

山形、静岡と経験して東京本社の経済部に移ったが、数年後、今度は前橋支局に転勤した。「ビッグブラザー」という制度で、若い記者のお兄さん役だと言われたが、そんなことよりも地方取材を楽しんだ。その中でも思い出に残るのは、画家の井田淳一さん（一九四〇〜九八）と、「民家を描く」というコラムを群馬版で連載したことだ。共通の友人の紹介で何度か飲むうちに、群馬県内には古い民家がたくさんあるが、だんだん壊されて消えていくのが残念だという話になり、それなら井田さんの絵に私がその家の説明を書いて、古い民家を絵として残そうということになった。

それから、井田さんが古い民家の情報を仕入れてきては、一緒にドライブをして、井田さんがスケッチブックにデッサンをしている間、私は家の持ち主などから話を聞いた。ただの解説では面白くない、といきがった私は、文章に井田さんの心象風景を入れた一人称のようなスタイルにした。読む人は、井田さんが絵も文もつくったような印象を持ったかもしれない。

故井田淳一さんの作品を眺める筆者（2008.08 群馬県富岡市の井田家で）

井田さんはフランスで絵画の修業をしたこともあり、肩書きは「洋画家」だった。それに日本の古い民家を描かせようというのだから、ずいぶんと乱暴な企画だったが、井田さんも新しい挑戦と受けとめたのだろう、楽しそうに描いてくれた。連載が終わった後、井田さんは、それを基に『民家を描く』という画集を出した。井田さんとの友情をはぐくんだだけでなく、地域の文化を形として残すという仕事の手伝いができたと自負している。

井田さんは、私が米国に勤務している間に、あっけなく病死してしまった。二〇〇八年八月末、富岡市にある井田さんのお宅を夫婦で訪ね、夫人の和子さんと昔話、そしてこれからの話をした。

昔話は、私は身長一八七センチあるが、井田淳一さんは一九〇センチあり、この二人が突然、古い民家の中に入ってきて「絵を描かせてください」と言い始めるのだから、家の人はさぞびっくりしただろう、といった話。これからの話というのは、井田淳一回顧展の話が進んでいるとのことだった。アトリエで、井田さんの作品を何点か見せていただいたが、絵画としての水準が抜きん出ているのが、素人の私にもわかるものばかりで、回顧展が実現すれば再評価されるのは確かだと思った。

富岡は遠いという感じがして、なかなかうかがえなかったのだが、やっと行けたのは、前橋市にある共愛学園前橋国際大学の客員教授として、九月初めに集中講義があったからだ。客員になったのは、論説委員時代で、大学から論説主幹のところに、誰か時事問題などを教えられる人がいないかという話がきたときに、前橋ならかつて前橋支局員だった人間がいいだろうということで、私に声がかかった。縁とは不思議なものだ。

石巻を愛す

ながながと地方支局時代の思い出を書いたが、いまも、それぞれの土地で友人としてお付き合いしていただける人がいるのは、「その土地を愛せ」という教訓を生かしてきたこともあると思う。

久しぶりに地方勤務となって、その思いは変わらないどころか、ますます強くなっている。たぶん、地方記者の面白いところは、記者であると同時に、その地域の市民であり生活者である、という重なりだと思う。

朝日新聞は、一〇年ほど前から、県庁所在地にある「支局」を「総局」に、県内の要所にある「通信局」を「支局」へと、名前を変えた。それぞれが取材拠点だけではなく、その地域の朝日の代表として地域と接するためだといった説明を聞いたことがある。そのときは、そういう発想は取材先との癒着を招くおそれがあると思ったものだが、実際に「支局長」になってみると、「通信局長」でも同じだと思うが、地域で暮らすということは記者よりは踏み込んでいくことが多いと思う。

石巻に来て、講演などの仕事を頼まれることが多い。記者としてはちょっとはずれているかもしれないが、この地に住む市民として、私のこれまでの経験などに興味を持っていただけるのなら、喜んで話をしようと思っている。

地域の公民館や地域の経済団体で時事問題を話したり、小学校や中学校のPTAや父母会で新聞記者の仕事を紹介したり、高校の同窓会でこれまでの人生を語ったりした。女川第四中学校では、全校生徒一六人の父母の前で米国の教育の話もした。「米国の教育は、子どもをしかるよりもほめて、その才能を伸ばそうとする。欧米に追いついた日本が欧米を追い越すためには創造力が必要で、そのためには子どもたちをもっとのびのびと育ててほしい」という話をしたが、日本の教育への注文は余計だった。「講演」の前に、授業を見せてもらったのだが、少人数教育の良さを生かして、個性のある子どもたちを育てていることがすぐにわかったからだ。

たとえば、戦前の日本で「人権派弁護士」として、独立運動にかかわった朝鮮人の弁護活動を進んで行ったことで知られる石巻市出身の布施辰治（一八八〇〜一九五三）のことを生徒たちが調べて、二〇〇八年にはその一環として韓国に修学旅行に出かけるなど、学校は子どもたちの積極性を育てている。

〇八年四月からは、二カ月に一度のペースで、市の文化センターの会議室を借りて、読者との懇談会を開いている。参加者は約二〇人で、そのときの時事問題などを、できるだけ双方向で話し合っている。新聞に書かれている政治や経済の話はわかりにくいことが多いので、私なりの解説を加えることで、新聞を読む楽しみが増えてもらえればという思いから始めたものだ。いろいろな職業の人たちが家族も含めて、参加してくれるのがうれしい。話題もいろいろだが、市政の問題については、話題に取り上げないようにしている。これは記者としての立場をかなり逸脱しそうに思うからだ。

また、〇八年六月から八月にかけて、石巻専修大学で「国際政治事情」という講義をした。担当されていた教授が病気で一時休まれたための代講だった。地方の大学で楽しく暮らしている学生に、「国際問題」について学ぶという動機づけ（モチベーション）を与えるのに苦労したし、とてもできなかったと思うが、興味を持った学生もいたことはうれしかった。私は大学で教えるときはどこでも、毎回、感想文を書いてもらうのだが、全体の作文の水準が回を重ねるごとに上がってくる。それも楽しいことだ。

この大学を石巻に誘致するにあたっては、大変なお金と労力がかかったと思う。日本の中では、東京への一極集中が言われているが、宮城県では仙台への一極集中が進み、人口では県内で二番目の都市（人口一六万）である石巻市でも、人は仙台に流れ、情報は仙台から発信される傾向が強まっている。大学という知的拠点を持つことは、一極集中に対抗する有力な手立てになると思う。

「内助の功」に感謝

生活者、市民としての視点や姿勢という意味では、「内助の功」にずいぶんと助けられている。定年後の選択として地方支局というのは、私にとって冒険ではあったが、持ち場が変わることは、これまでもあったことで、その延長線にすぎない。しかし、妻は地域コミュニティーの中で交友関係もあり、合唱や写真やブリッジなどさまざまなサークルやグループに属し活動をしている中で、定年後になってそこからひきはがして、石巻に同伴してもらうのは、申し訳ない気がした。

地方で取材するには、自分で車を運転しなければ、仕事にならない。私の場合、ほとんどの取材に、妻の運転で出かけている。車中、電話で取材しなければならないことも多いし、考えごともしているので、運転しないですむのは本当に助かっている。夜、酒を飲む機会もあるが、妻と同伴なら安心なので、それも助かっている。取材先まで運転してもらうついでに、取材先との間で差し障りがなければ、私の苦手な写真を頼むことも多い。運転手兼助手ということになる。

実は、妻が一緒でもっと役立っていることがある。支局に仕事で尋ねてこられた人たちと話をしていると、相手が緊張していることがある。全国紙というのは敷居が高いと思われているだろうし、支局長が東京の本社の論説委員だったなどという経歴を聞いていればなおさらだと思う。しかし、妻を紹介して、山形出身だったと言うと、たいがいのお客は、ほっとしたような表情を見せる。

山形は隣の県ということもあり、東京より親しみがあるし、住んでいたり親類がいたりといった「関係者」も多い。石巻の大手水産加工会社、大興水産の遠藤英昭会長は山形出身で、話をしていたら妻と同じ中学校だったりしたことで、すぐに親しくなり、水産関係のいろいろな話も教えてもらった。年をとって耳が聞こえにくくなったこともあり、東北なまりの強い人の話はわかりづらいことがあるが、そういうときも、妻は「こんなようにおっしゃいますが、どうなのでしょうね」などと、復唱しながらさりげなく「通訳」してくれる。

支局兼住宅の居間で、ときどき小宴を張ることもある。石巻の朝日なので、「石朝庵」と勝手に名付けているのだが、妻はその料亭の女将ということになる。その妻に皮肉られたことがある。そんな制度があるのは忘れていたのだが、支局長夫人には年二回、支局長夫人手当というのが支給されていた。これが経費削減策のあおりで削減・廃止されることになったのだ。その通知を見て、「内助の功は必要ないと言うのかしら」と言われてしまったのだ。

削減・廃止の提案が「会社」からあったときに、労組が支局長の意見を募っていたので、定年後の身分で組合員ではないものの、これから「会社」が定年後の人材を地方で活用しようとしているのなら、同伴へのインセンティブとして継続したほうがいいとメールを出した。

たしかに、昔の通信局長夫人は電話番という重要な役割があったが、いまは外出するときは自分の携帯に転送するようにしている。基本的には電話番という仕事はないのだから、経営難の折でもあり削減するのもやむなしと「会社」は説明していた。しかし、支局長の健康管理を考えれば、同伴のメリットはずっと大きいと思う。

山形や静岡の支局員だったころ、取材で通信局に立ち寄ったり、泊まったりするのが楽しみだった。いろいろな経験談を聞きながら、夫人のおいしい手料理をごちそうになるのは格別だった。だから、いま若い人たちが来れば、できるだけ歓待しているし、妻もそういう昔を知っているので、喜んで料理をつくってくれる。記者人生のどこかで通信局長をやりたいと思ったのは、そういう通信局長との楽しい交流があったからだ。

ほんの気持ち程度の手当まで切ってしまうことの意味が、赤字対策・経費削減に追われている「会社」にわかる余裕はとてもないのだろうが、記者の温かみを失わせているようで、なんともさみしい思いがする。

世界を見据えて

魚から世界を見る、という意気込みとは別に、世界や日本をウォッチする糸がまだ残っている。そのひとつは、毎週、アサヒ・コムの「ａｓＰａｒａ」の「記者ブログ」というコーナーで展開している「ニュースｄｒａｇ」というコラムだ。時事問題すべてを取り上げているので、週末はそれを書くのに時間を取られている。情報源は新聞やネットということになるが、ワシントンからの情報源もいくつかあるので、米国情報についてはそれを活用している。ときどき上京したときに、記者を含め政治関係の人たちに会うと、「最新裏情報」を得ることもある。しかし、誰と誰が密かに会ってこんな話になったという「裏話」を地方でつかむことはできないが、大きな流れという点では、地方との落差をあまり感じたことがない。新聞を読んでいれば、それほど想定外の事態が起こるわけではない。

コラムでは、個人的な見解として、勝手なことを書いているので、「おまえは地方の話でも書いていればいいのだ」という趣旨のコメントをもらうことがある。反論はしないが、どこにいようと日本の政治にものを言うことはできるし、それが必ずしも的はずれだとは思わない。

米国ウォッチャーのはしくれとしては、購読しているインターナショナル・ヘラルド・トリビューン紙に毎日、目を通すようにしている。ちなみに購読紙は、朝日のほか、読売、毎日、日経、河北、石巻かほく、石巻日日、日本水産経済、それに上記の英字紙である。他紙の購読は全国紙三紙、地方紙二紙が社の規定で、水産経済は水産都市で漁業を取材する特例として社に認めてもらったが、英字紙は自前で読んでいる。

時事通信社の内外情勢調査会の講演でときどき地方に行く。米国の政治と経済が主なテーマで、「元アメリカ総局長」という肩書きになる。司会者が「現職は石巻支局長」と紹介すると、不安そうな顔をされる参加者もいるので、なるべくワシントンの「裏話」的な最新情報も入れながら、話を進めるようにしている。

佐々木かおりさんの主宰する「イーウーマン」のネット上での「円卓会議」では、ときどき「議長」を務めている。時事問題を投げかけて、会員の論議を進める役割だ。佐々木さんが「自分の意見を出して」といつも言っていることもあり、ここに寄せられるコメントは具体的で、なるほどと思うことが多い。

いつまでも「元アメリカ総局長」や「元論説委員」というわけにもいかないだろうが、「仕事」として世界や日本の政治経済を考える機会があるのは楽しい。できるかぎり「魚から世界は見える」路線との複線運転を心がけていこうと思っている。

あとがき

いつも群れ飛ぶかもめさえ
とうに忘れた恋なのに

サンマ船に乗って漁場に向かうときに、口ずさんでいたのは都はるみの「涙の連絡船」だった。ときどき船に近づいてくるカモメに親近感を覚えたせいだろう。カモメなら、研ナオコの「かもめはかもめ」でも、渡辺真知子の「かもめが翔んだ日」でもいいのだが、漁船に乗っていると、なんとなく演歌が出てくるのだ。演歌はほとんど歌ったことがないので、口ずさむような歌は少ない。そこで、「涙の連絡船」の次は美空ひばりの「みだれ髪」になってしまう。

髪のみだれに手をやれば
紅い蹴出が風に舞う

モノクロの画面に赤い蹴出だけがカラーで浮かび上がる。深い思いを秘めた低音の出だしからせつない思いの高音の「塩屋の岬」まで、一気に感情が込み上がっていく名曲だ。歌っていると、この「塩屋の岬」はたしか福島県だから三陸を南下すれば見えるはずだとか、二番の歌詞に出てくる「沖の瀬を行く底曳き網」は何を獲っていたのだろうかとか、波のまにまに思いは揺れてくる。

客船とは違って、飾りっ気のない漁船の甲板で、船を飲み込むような大波を見ていると、地獄と隣り合わせているというせつない気持ちと、なんとか自分を奮い立たそうという力みとが重なって、演歌が自然と出てくるようなのだ。

だから、漁船に乗ると演歌が出てくるのはなんとなく実感できるのだが、不思議なのは、演歌のモチーフに漁船とか漁師とかがやたらと多いことだ。二〇〇八年大晦日の紅白歌合戦で北島三郎が歌ったのは「北の漁場」で、「北の漁場はヨ／男の仕事場サ」と、北洋での漁を歌っていた。「二百浬をぎりぎりに」なんて歌詞が出てきて、ロシアの排他的経済水域の近くだろうか、拿捕の危険はないのか、などと余計な気を回してしまった。

波の谷間に命の花が
ふたつ並んで咲いている

親の形見の漁船を兄弟で操る鳥羽一郎の「兄弟船」もじんとくる。漁師から俺たちの仲間だと慕われているのは、なんといってもこの人だろう。

海猫が鳴くからニシンが来ると
赤い筒袖のヤン衆がさわぐ

かつての北海道のニシン漁に思いをはせる北原ミレイの「石狩挽歌」は、演歌ではなく歌謡曲かもしれないが、雪に埋もれた番屋、破れたとい刺し網、さびれたニシン御殿などニシンが消えたいまの風景が浮かび上がってくる。プロローグで紹介した二〇〇カイリの新年特集を取材しているころにはやった歌なので、私にとっては忘れられない歌だ。

そういえば、これまでに一度だけ行った演歌のコンサートが島津亜矢で、テレビで聴いた歌のうまさに感動して、ぴあで手に入れたチケットを手に夫婦で出かけたのだ。そこで、ドスの利いた声で歌っていたのが「度胸船」で、これも千島でのホッケ漁の苦労を歌ったものだった。

こうした演歌に共通しているのは、危険をいとわない男たちの荒くれ仕事といったイメージだろう。漁師演歌が好まれるのは、それだけではない。森進一の「港町ブルース」は、函館から鹿児島まで、漁船員だろうか、恋する男を探して港町をめぐる女心を歌っている。逆に言えば慕われている男は、着く港ごとに恋を残しながらさまよっているのだろう。男にとってみれば、「男のロマン」＝ドンファン物語ということになる。

漁師は冒険とロマンをイメージさせるので、演歌の題材になりやすいということだろう。そうなると、牛の群れを追って旅をする米国のカウボーイと同じような存在ということになる。しかし、日本人が漁師の演歌を好むのには、まだ理由がありそうだ。それは「海」が持つ母性や父性という概念だ。

海はヨー
海はヨー
でっかい海はヨー
俺を育てたおやじの海だ

村木賢吉の歌う「おやじの海」がその典型だ。日本人の心のふるさとは、ウサギを追った山の風景とともに、季節や天候によってさまざまな表情を見せる海にあるようだ。

海幸彦と山幸彦

「海幸彦」と「山幸彦」の神話は、「海幸彦」が「山幸彦」に屈服する物語で、海洋系民族と大陸系民族との相克の歴史を示唆しているように思えるが、私たちの心の中にも、「海幸彦」と「山幸彦」の血がいまもなお流れているのではないだろうか。

何かにつけて「日本人は農耕民族だから」と言われる。団体行動は得意だが個人技で競うのは苦手、故郷を大事にして、移動よりも定住を好む人間像が日本人のプロトタイプだというのだ。

しかし、海の演歌に心がおどるのは、私たちの体の中で「海幸彦」の血がさわいでいるからではないか。漁労民族の血も色濃く流れているのではないか。私たちは「農耕民族」という自己暗示にかかっているだけで、潜在的には「海洋民族」のＤＮＡもあって、それが海の演歌、漁師の演歌に反応しているのではないか。

そんなことを思ったのは、宮城版に連載しているコラムの「話のさかな」で、アワビを取り上げたときのことだ。矢野憲一著『ものと人間の文化史・鮑《あわび》』に、宮城県七ヶ浜町にある鼻節神社に伝わるアワビを使った神事の紹介とともに、「難破した船に無数のアワビが船底について水もれを防いでくれた伝説」を記していた。早速、鼻節神社を調べたら、昔、嵐にあった船の水夫たちが鼻節神社に祀られた神に祈ったところ、船は無事に浜に着いたので、船を調べてみると、船底に無数のアワビが付着して、船の破れを防いでいた、という説明があった。

アワビはさまざまな神事に利用され、祝い事の「のし」にも使われている。船底にあいた穴をアワビが防いだという物語は日本各地にある。私たちの祖先は、思っているよりもずっと海とのかかわりが深かったのではないか。

ムラ社会で生きる農民はできるだけ争いを避けようとするため、物の言いようも直截ではなく、持ってまわったような言い方になる。漁民も生活の基盤がムラであることには変わりないが、船の上では、右か左かはっきり言わないと、命にかかわることになる。たった一度の失敗によって生命を失うことだってあるのだから、大事な判断をするときに、あいまいのままにすませることはできない。

石巻のそれも牡鹿半島あたりの人と話すと、好き嫌い、良い悪いの判断がはっきりしていて、わかりやすい。選挙などでは、なかなか意見がまとまらず、「保守分裂」の選挙はいつものことだ。「まとまらないのは漁師気質だから」と卑下するが、すぐに一つの方向になびくのが「農民気質」と言うのなら、まとまらない「漁師気質」も悪くないと思う。

定置網のことを「大謀網」と呼ぶのも、戦略性のない国民性にあっては、漁民の戦略性を示唆しているように思えてくる。

お酒はぬるめの燗がいい
肴はあぶったイカでいい

八代亜紀の歌う「舟唄」を聴いていると、あぶったイカは、しみじみとほろほろと酒を飲む「神事」のための「神饌」のように思えてくる。

石巻魚市場は冬になると、数カ所の「いろり」ができる。ドラム缶を二つに切って炭をおこしたテーブル火鉢で、かじかんだ手を温めるのだ。暮れの市場をのぞいたら、仲買の人たちが火鉢に網をかけて、「こいか」とか「ひいか」とか呼ばれる小型イカのジンドウイカをあぶっていた。魚槽から手づかみで持ってきたものをそのまま焼いたという。一匹頂戴したが、身の甘さが口の中に広がったとたん、内臓の苦みがぴりっと走って、しびれた。午前七時から「熱燗」というわけにはいかなかったが、あぶったイカだけでも話は盛り上がる。

石巻に来て最初の一年は、魚から学ぶことが多かったが、次の一年は、漁民の暮らしからさまざまな知恵を学んでいきたいと思う。

「さかな道」の奥は深い

英語とテニスは五〇歳を超えると進歩しない。私が米国滞在中に発見した「法則」だが、これは「さかな道」にもあてはまりそうだ。還暦になって「さかな記者」をめざし、いろいろと魚に関する知識を身につけているが、まったくの付け焼き刃で、記事にしてしまうと、すぐにはげ落ちてしまう。東京から来た友人に、料理で出てきた魚に関するうんちくを語っているうちに、まてよ、この話は違う魚のものだぞ、などと気づくことがままある。友人はわからないので、「短期間で、よく勉強したね」などとほめてくれるが、感心されても困るのだ。

とくに絶望的なのが魚の味覚だ。ヒラメの刺身はうまいと言ったらタイだったり、ブリだと思ったらカンパチだったり、魚の知識が肉体化していないから、見分けることができないのだ。「話のさかな」を一緒に書いている長田雅彦さんは塩釜で育ち、魚を食べるのも釣るのも好きだというから年季が違う。魚に関する知識も豊富だが、味覚の判断もしっかりしている。第五章3で紹介したサバのしゃぶしゃぶも、皿に出てきた切り身の色合いを見て「ブリですか」と聞いて、店主に「サバですよ」と笑われた。たしかに外側を見たらサバ模様だった。

酒の聞き酒というのがあるから、魚の聞き魚をやったら面白いと思うが、ほとんど当たらないという自信はある。とくに目隠しをしたら、タコぐらいはわかるかなという程度だ。

とはいえ、六〇の手習いだってあるはず、この世に生まれてやっと「さかな取材」に巡り逢えた奇跡を大事にしたいと思う。資源問題、環境問題、食料の安全保障、地域問題、食文化など、あらためて「さかな道」の奥が深いことに感嘆しながら、筆を置きたい。

謝辞

最後に、「さかな記者」の奮闘記を書く機会を与えていただいた皆さまに感謝したい。時事通信出版局に最初に話をもちかけてくれたのはテレビ朝日コメンテーターの川村晃司さんだ。川村さんは講演で石巻に来たのが縁で、ここの「幻の笹蒲」と呼ばれる橋本蒲鉾店のふっくらとした笹かまにほれ込んだ人だ。石巻の「さかな記者」になった昔からの友にも興味を持ってくれたのだろう。それを受けて出版局常務の相沢与剛さんがわざわざ石巻まで来られた。早速わが「魚人脈」を紹介し魚料理で交流しながら本にすることを決めた。原稿が遅れるのをじっと我慢しながら、本に仕立てたのは松澤美穂さんだった。

表紙のイラストは、イラストレーターのなかだえりさんに無理を承知でお願いした。石巻からもそれほど遠くない岩手県一関出身で、石巻の山間にある「追分温泉」に来たときには、わが夫婦が合流し海の料理を楽しんだこともある。第五章の魚のイラストも「話のさかな」の絵を描いている鈴木秀男さんに無理をしていただいた。

仙台総局の前総局長の渡辺宏幸さんと現総局長の葛原徳昭さんには、ほかの分野の取材をおろそかにしている「さかな記者」のわがままを放任していただいた。そのおかげで、こうした本を書く素地ができたと思う。

魚の取材、全般にわたっては、石巻魚市場社長の須能邦雄さん、「まるか」の佐々木正彦さん、宮城県気仙沼地方振興事務所副所長の佐々木良さんに、とくにお世話になったというよりも指導を仰いだ。そのほか、魚に関する面白い話は、本文中で紹介した皆さんの知識と情報によるものである。

ということで、皆さまに改めて感謝を申し上げたい。本文中でも「内助の功」に書いたが、改めて妻の惠にも感謝したい。各章の扉写真は妻の作品である。

二〇〇九年二月

高成田　享

【著者紹介】
高成田享（たかなりた・とおる）

1948年岡山市生まれ。東京大学経済学部卒業。71年朝日新聞社に入社。山形、静岡支局を経て経済部記者。アメリカ総局員（ワシントン）、経済部次長、論説委員などを経験。96年から97年にかけて、テレビ朝日「ニュースステーション」コメンテイターを兼務。98年から2002年までアメリカ総局長（ワシントン）。帰国後、論説委員に戻り、米州、国際経済などを担当。定年で「シニアスタッフ」となり、08年1月から石巻支局長。

朝日新聞のウェブページ「アスパラクラブ」の「ブログａサロン」で、毎週「ニュースｄｒａｇ」という時事コラムを執筆している。共愛学園前橋国際大学客員教授、石巻専修大学特別講師。

主な著書に『ディズニーランドの経済学』（共著）、『米国マネー革命最前線』、『ワシントン特派員の小さな冒険』、『怒りの青さまた苦さ』、『アメリカの風』、『アメリカ解体全書』（共著）、『榎本武揚・近代日本の万能人』（共編著）など。

こちら石巻《いしのまき》 さかな記者奮闘記《きしゃふんとうき》
――アメリカ総局長《そうきょくちょう》の定年《ていねん》チェンジ

2009年4月5日　発行
2009年4月30日　2刷

著　者：高成田享
発行者：北村　徹
発行所：株式会社時事通信出版局
発　売：株式会社時事通信社
〒104-8178　東京都中央区銀座5-15-8
電話03（3501）9855　http://book.jiji.com

印刷／製本　藤原印刷株式会社

©2009 Toru TAKANARITA
日本音楽著作権協会（出）許諾第0902365－902号
ISBN978-4-7887-0954-6　C0095　Printed in Japan
落丁・乱丁はお取り替えいたします。定価はカバーに表示してあります。

時事通信社の本

銀座ミツバチ物語

田中淳夫

「銀座で美味しいハチミツが本当に採れたら、おもしろいよね」。そんな好奇心からはじまった銀座の養蜂。大都会を舞うミツバチは、人と人、都市と自然を結びつけ、未来の街の在り方を指し示す。

46判　上製/220頁　定価：1470円(税込)

巨竜のかたち

信太謙三

中国は世界の政治と経済に影響力を拡大させている半面、食品汚染、大気汚染、チベット騒乱など周囲には暗い影が指している。反日構造、軍事的野心、少数民族支配、爆食経済、モラルの低下、社会主義からの脱却等、さまざまなテーマから中国の真実に迫る！

46判　並製/222頁　定価 1680円(税込)

ドクターヘリ ‘飛ぶ救命救急室’

西川　渉

救急医療体制の不備が叫ばれるなか、特別措置法によって2007年から動き出したドクターヘリ網のさらなる整備を願い、ドクターヘリとは何か、何故必要なのか、どんな効用があるのかなどをわかり易く解き明かす。

46判　並製/228頁　定価 1680円(税込)